春待つ夜の雪舞台

くのいち小桜忍法帖

斉藤洋 作
大矢正和 絵

あすなろ書房

くのいち小桜忍法帖

春待つ夜の雪舞台

もくじ

序 7
一段 再会 14
二段 たくらみ 26
三段 棄灰の刑 39
四段 能面 47
五段 見舞い 59
六段 八曜の紋 71

七段　首切り役　85
八段　水野成之　92
九段　女同士　104
十段　稽古　119
十一段　金縛り　131
十二段　明暗　142
十三段　討ち入り　153
跋　172

登場人物紹介

小桜四郎

橘北家十郎左の末娘、くのいち。
あるときは、振り袖の美少女として、
あるときは、商家の少年（丁稚）として、
江戸の町で暮らしている。

十郎左

忍びの一族、橘北家の総帥。

一郎

十郎左の長男。
おもてむきは、江戸の薬種問屋
〈近江屋〉の主人。

半守

〈近江屋〉の番犬にして、
橘北家の忍犬。

次郎

十郎左の次男。
遠国で外様大名の動向をさぐっている。

三郎

十郎左の三男。
父とともに江戸城内の屋敷に住んでいる。

佐久次

橘北家の忍び。おもてむきは、
〈近江屋〉の番頭として働いている。

海風

瀬戸流の忍び。

雷蔵

岡っ引き。
町奉行所の同心に協力して、
市中の犯罪をとりしまっている。

市川桜花

歌舞伎の女形。

序

　まだ十一月になったばかりだが、春のしたくは早いほうがいい。

　夕方、正月に着ようと思っている梅柄の振袖に袖をとおしてみると、梅の花が大きくて、なんだか子どもっぽすぎるような気がした。

　店を閉めたあと、夕餉のときに、それを一郎兄に言うと、一郎兄は、膳にのばしかけた箸を見たまま言った。

「紫に紅白の小梅を散らした反物が相模屋に入っているそうだ。見にいってきたらどうだ。正月に着るなら、早く仕立てに出さないと、まにあわんぞ。」

「兄上は、どうしてそんなものが相模屋さんに入ってるって知ってるの？」

と問うと、一郎兄は顔をあげて答えた。

「きょう、おまえがいないときに、しばらく江戸を留守にしていた市川桜花が店に立ちよって、そんなことを言っていた。なかなかいいものらしい。」

歌舞伎の女形の市川桜花がそう言うなら、よほどよいものだろう。

市川桜花は四月ころ、きゅうに江戸からいなくなった。

みなが言うには、上方にでも出むいて、そちらで芝居をしているのだろうということだった。その市川桜花が江戸に帰ってきたということは、また、こちらの舞台に出るのだろうか。

小桜はすぐに夕餉を片づけて、相模屋にその反物を見にいきたくなったが、もちろん、相模屋はもう閉まっている。

あしたの朝、仕事がひと段落したら、相模屋にいってみよう。

小桜の心がはずんだところで、一郎兄が言った。

「おまえ、今夜、出かけるのか?」

「今夜って、相模屋さん、まだお店を開けてるの?」

小桜の嬉しそうな声に、一郎兄はふっと笑って、言った。

「相模屋じゃない。だが、紅白の小梅がそんなに気になるのなら、大名屋敷の庭めぐりはやめて、相模屋にでも忍びこんだらどうだ。」

呉服屋に忍びこむなど、今まで考えたこともなかった。だが、言われてみれば、それもいいような気がする。

大名屋敷にくらべれば、商家に忍びいるなどわけもない。店に入りこみ、よさそうな反物をあれこれ広げ、だれにも気づかれないように、もとにもどして帰ってくる自信はある。

小桜がそんなことを考えていると、それを見すかしたように、一郎兄が言った。

「やはり、それはよしたほうがいい。宝の山にねずみを放すようなものだからな。」

「わたし、どろぼうなんかしません!」

そう言いきった小桜に一郎兄は、

「それもこまるな。」

と、また、ふっと笑った。そして、真顔にもどり、

「夜、出かけるなら、半守をつれていけ。」

とつぶやくように言った。

半守というのは、近江屋で飼っている南蛮犬だ。

「いつもそうしているけど、きょうにかぎって、どうしてそんなことを?」

小桜の問いに、一郎兄が物騒なことを言った。

「きょう、市川桜花がくる少しまえに、雷蔵親分がきて、このごろ市中に、夜中、辻斬りが出ると言っていた。」

「つじぎり?」

雷蔵親分というのは、不忍池の仁王門近くに住む岡っ引きだ。

いぶかしげな小桜に、一郎兄はうなずいた。

「そうだ。」

「つじぎりって?」

「だから……。」

とそこまで言って、一郎兄は、どうやら妹が辻斬りという言葉を知らないことに気づいたようだ。

「辻とは十字路のことだ。言葉どおりでは、辻斬りとは十字路で人を斬ることだが、辻かどうかは問題ではない。路上で人を斬り殺すことを辻斬りという。」

幕府は刺客をはなって、邪魔な人間を殺すことがある。

武士をさしむけることもあるが、忍びを使うことのほうが多い。

また、忍びが敵の忍びを襲って、殺すこともある。

小桜は、辻斬りとはそういうことだろうと思った。

「どこの忍びがやっているの？」

小桜の問いに、一郎兄は答えた。

「忍びではない。忍びは、辻斬りなどという意味のない殺しはしない。辻斬りというのは、武士が刀の切れ味や、自分の剣の腕をためすために人を斬ることだ。」

小桜は驚き、

「えーっ！」

と声をあげて、言った。

「刀の切れ味や、剣の腕をためすためって、それ、どういうこと……？」

「どういうことって、そのままの意味だ。今のところ、斬られたのは町人ばかりだそうだが、切り口から見て、かなり腕の立つ者のしわざらしい。だから、夜、出かけるなら、念のため、半守をつれていけと言ったのだ。」

と言って、一郎兄は止めていた箸を皿にのばした。

一段✿再会

日本橋から京橋にむかう大通りを歩き、とちゅう一本小路に入ったところに、こぎれいな飯屋がある。店の名は釜屋。

釜屋のとなりに近江屋という薬種問屋がある。

近江屋の若い主人は、じつはただの商人ではない。江戸城御庭役、橘北家の総帥、十郎左の長男、つまり橘北家の惣領である。

江戸城御庭役とは、江戸城の庭の整備と警備をする者のことで、城の庭木の手入れなどをしながら、城に出入りする者たちの動きを監視するのが仕事で、将軍直轄の役職だ。

なぜ、そんな仕事が将軍直轄かといえば、御庭役の仕事はそれだけではないからだ。

江戸城御庭役とは隠密、つまり忍びなのだ。

御庭役には橘南家と橘北家がある。

この両家は、同じ橘姓ではあるが、血縁ではなく、忍びの流派もちがう。

橘南家は美作流の忍法を使い、監視のあいては、将軍家と血縁のある親藩や、譜代の大名だ。

去年、本所でひとりの忍びが殺された。その忍びは、この橘南家の者だった。

橘南家に対し、橘北家は伊勢流の忍法を使い、その管轄は外様大名にかぎられている。

橘北家は外様大名たちの動きをひそかにうかがい、怪しい動きがあれば、それを将軍に知らせる。しかし、じっさいに将軍に会うことはほとんどなく、報告するあいては幕閣と言われる幕府重役のひとり、五代将軍徳川綱吉のお気に入りの側近、酒井左衛門尉忠真であり、また命令もそこからくる。

橘北家の総帥、つまり頭領は橘十郎左。忍びの数はおよそ五十。そのうち、十名ほどが江戸城で庭の整備と警備をしている。屋敷は江戸城内、平川門から入って、少しいったわかりにくいところにある。頭領の十郎左はそこに住む。

残りの四十人のうち、およそ半数は江戸市中に住んでいる。そして、あとの半数は江戸をはなれ、外様大名の動向をさぐっている。

江戸市中に住む者たちは町人のふりをし、江戸の町のあちこちに住んでいる。その中心が近江屋なのだ。近江屋だけではない。となりの釜屋のとぼけた顔の主人も橘北家の忍びで、釜屋と近江屋は二階の押し入れでつながっている。

橘北家十郎左には、息子が三人。そして、末に娘がひとりいる。

長男一郎は近江屋の主人であり、十郎左の跡継ぎということで、みなから惣領様と呼ばれている。

次男の次郎はたいてい遠国におもむいている。

来春十七になる三男、三郎は江戸城内の橘北家の屋敷にいる。幕閣の酒井左衛門尉忠真は、三郎が大のお気に入りで、身分をかくして市中見回りをするときは、たいてい護衛として、三郎に伴をさせる。

そして、第四子で長女が小桜ということになる。

橘北家は女も忍びとしてはたらくので、男の名も持つしきたりなのだ。それで、正しくは橘四郎小桜というのが小桜の名ということになる。

小桜は、そのかわいらしさと美しさで、人目をひかずにおかない。小桜だけではなく、三人の兄たちも、美しさでは小桜にひけをとらない。

つなぎというのは連絡のことだが、小桜は江戸城の橘北家の屋敷と近江屋のあいだのつなぎをよくする。それで、屋敷と店を往復するのだが、城内の屋敷にいるより、町中の店にいるほうがずっと好きだ。だから、なんのかんのと理由をつけては、近江屋で寝泊まりし、丁稚のかっこうで店を手伝っている。

小桜には、橘北家四郎小桜という忍びの顔と、薬種問屋近江屋の主人の妹という顔、それから店の丁稚という、三つの顔がある。

小桜は時刻が夜四ツをすぎ、市中の木戸が閉められるし、よく忍び装束で出かける。城の屋敷にいるときは、三郎兄が稽古のあいてをしてくれる、というか、あいてをさせられる。これがけっこうきびしい。

夜のひとり稽古なら、気も楽で、場所も方法も自分で決められる。

場所はたいてい、大きな寺や神社、それから、橘北家の管轄ではない親藩や譜代の大名の屋敷だ。おつとめ、つまり仕事ならともかく、術の稽古などで外様大名の屋敷に忍びこまないのは、そこでなにかしくじってしまえば、父や兄たちの本来のおつとめにさしさわりが起こるかもしれないからだ。

譜代や親藩の大名屋敷なら、万一とらえられても、酒井左衛門尉忠真がなんとかしてくれるだろうという甘えもなくはない。

そんなわけで、小桜はその夜、したくをととのえると、南蛮犬の半守をつれて近江屋を出た。

細い二日月はようやく東の空にあらわれはしたが、町は暗い。夜目のきかない者なら、提灯なしで歩ける明るさではない。

小桜は町屋の屋根を走りぬけ、跳びうつりしながら、大名屋敷がならぶ通りに入ると、今度は塀と塀のあいだの道を駆けぬけていった。

今夜の目あては赤坂御門近くの松平出羽守の上屋敷だ。

ところが溜池を右手に見ながら、いったん町屋に入りかけたとき、うしろから、ささやき声が聞こえた。

「つけられてる……。」

うしろを走っているのは半守だ。

半守といっしょにいると、ときどき、こういうことがある。

まるで、半守がしゃべったかのような声が聞こえるのだ。

はじめはずいぶん不思議に思ったが、このごろでは平気になってしまい、だれの声だかわからないまま、半守がしゃべったということにしてある。

ひょっとすると、小桜自身の心の声かもしれない。

つけられているとすれば、立ちどまってはいけない。

つけられていることに気づかぬふりで、そのまま走るのだ。

走りながら、背後の気配をうかがう。

しかし、つけられているかどうか、小桜にはわからなかった。

だれにでも得意不得意がある。

小桜はいつでも、尾行に気づくのが遅い。

だが、半守が、つけられていると言うなら、つけられているのだろう。

これは、兄上が言っていた辻斬りというやつだな……、と思ったものの、怖くはなかった。

忍びでなければ、武士だ。

武士の足で、忍びに追いつけるわけがない……、とそう思っているうちに、行く手の、町屋をぬける細い道に、ふっと黒い影があらわれた。

おそらく先まわりしたのだ。だとすれば、かなり足が速い。

身体の輪郭で、女ではなく、男だとわかる。

武士ではない。忍びだ。

忍び装束で、頭巾をつけている。

立って、こちらを見ているようだ。

小桜は立ちどまり、いつでも刀を抜けるように、左手を鞘の鯉口にあてた。

だが、あいては、刀を抜くそぶりはまるで見せず、ゆっくりとこちらに歩いてくる。

半守がすっと、小桜の左、やや前に出る。

だれも教えていないのに、半守は、忍びがするような動きをする。

こちらから見て、あいては右腰に刀をさしている。

ということは右利きだ。

だいたい忍びは刀を上段ではなく、八双にかまえる。

すると、刀をにぎる手は、こちらから見て、顔の左あたりにくる。

八双にかまえたあいてが斬りかかってきたら、跳びかかって、手首にくらいつく……、
というのが、おそらく、半守のもくろみなのだ。

あと十歩というところにきて、半守がぐっと腰を落とした。

それに合わせたかのように、あいてが立ちどまる。

手が動いた。

抜くか……、と思って、小桜は右手を刀の柄にかけた。

だが、あいては右手をふっと上にあげ、頭巾の顎に手をかけると、手早く頭巾を取った。

「橘北家の四郎小桜。ひさしぶりだな……。」

その声に聞きおぼえがあった。

そして、濃い眉の下のするどい目にも、見おぼえがある。

瀬戸流の忍び、海風だ。

海風は、かつて飛騨古川藩にやとわれ、江戸の町に放火をした。

そのときの火事で、京橋の町屋が数十軒焼けた。

火事が広がらなかったのは、小桜と仁王の雷蔵の手柄だと言っていい。

さては、そのとき、邪魔をされた仕返しか……、と小桜がそう思ったとき、海風は頭巾を忍び装束のふところにねじこむと、その手をぐっとのばし、てのひらをひらいて、小桜のほうむけた。

「待て、待て。意趣返しをしようなどと、思ってはおらぬ。あのおりのつとめでは、金ももうもらっていたし、仕事もした。金でやとわれた仕事だ。おまえにうらみはない。」

武士ならここで、

「それなら、なんの用だ。」

と言うところだろうが、忍びはそんなことはたずねない。

だまって、あいての動きをうかがう。

海風が言った。

「うらみがないどころか、ほめてやってもいい。まだおとなにもなりきらぬ女の身で、たいした度胸と技量だ。さすがに、橘北家十郎左の娘だ。」

それから海風は半守に目をやって、

「戦う気はない。」

と言った。

言葉ではなく、気配でわかるのだろう。

半守が落としていた腰をあげた。

たしかに、海風から殺気は感じられない。

小桜は右手を刀の柄からはずした。

しかし、左手は鞘の鯉口を持ったままだ。

海風が半守から小桜に視線をもどした。

「ある武士の私事で、ひとつ、おつとめをすることになった。外様大名ではない。そもそも大名ですらない。だから、おまえたち橘北家の者たちには、かかわりがない。あくまで武士の私事であり、幕府あいてにどうこうということではない。だから、邪魔はするな、と、おまえの兄に言っておけ。用はそれだけだ。」

そう言うと、海風はこちらに背中をむけ、ゆっくりと立ち去った。

その姿が細い道のむこうに消えるのを待って、小桜は半守に言った。

「今夜はこれで帰ろう。なんだかよくわからないけど、帰って、兄上に知らせなくちゃ。」

小桜はきた道をもどって、歩きだした。

気が抜けてしまって、走る気が起こらない。

海風は、今すぐなにかをしようというようでもないから、いそいで帰ることもないだろう。

半守がついてくるようすがないので、歩きながらふりむくと、半守はまだ、海風が消えたほうをうかがっている。

「半守。帰るよ!」

声をかけると、半守がふりむいて、歩きだした。

二段✿たくらみ

近江屋にもどり、裏口から入ると、足音で小桜が帰ってきたことがわかったのだろう。座敷から声が聞こえてきた。

「お、夜遊び娘のお帰りだ。」

その声は次郎兄だ。

遠国のおつとめから江戸にもどってきたのだ。

ふすまが開いていて、中から明かりがもれている。

忍び装束もそのままに、小桜が跳びこむようにして座敷に入ると、そこには、一郎兄、飴屋姿の次郎兄、そして、近江屋番頭の佐久次がいた。

佐久次もまた、ただの薬種問屋の番頭ではない。

橘北家の小頭だ。

小桜が次郎兄の前に正座すると、次郎兄は飴の木箱を開けて、中から藍染の布にくるまれたなにかを出し、それを小桜にわたした。

「みやげだ。」

両手で受け取ると、なにかかたいものが入っている。

「なにかしら？」

と言いながら、もう小桜は布をほどいている。

「あっ。かんざし！」

ほころんだ小桜の顔を見て、次郎兄が言った。

「むろん、ただのかんざしではない。先を鋭利に研いである。おまえ、そういうのをいつも、忍び脚絆にしのばせているだろ。」

と言ってから、次郎兄はもったいぶって言いたした。

「だが、見ればわかるように、ただのかんざしではないことがもうひとつある。飾りについている赤い石だが。おまえ、そんなものを見たことがないだろう。紅玉といってな、南蛮渡来の石だ。恩着せがましく言うわけではないが、その紅玉ひとつで、そうだな、鎧兜から槍、刀、弓矢など武具一式、馬までふくめた値打ちがある。」

かんざしの端にはめこまれている赤い石は透きとおっている。大きさは小桜の小指の爪ほどもある。

「そんなに値打ちがあるものなの……。」

小桜がその赤い石をじっと見ていると、次郎兄がつけたしのように言った。

「ま、御禁制の品だから、髪にさして、町を歩くわけにはいかないがな。」

小桜は視線を石から次郎兄に移して言った。

「御禁制の品って？」

「そうだ。」

「じゃあ、兄上は長崎にいっていたの？」

次郎兄はよく西国にいく。

西国には外様の大大名の領地が多い。

次郎兄が一郎兄の顔をちらりと見た。

しゃべってもいいか、目でたずねたのだ。

一郎兄がうなずく。

次郎兄が言った。

「それが今度は西国ではない。出羽だ。出羽の酒田で、その紅玉を手に入れた。港の外に泊まっていたオランダ船に忍びこみ、失敬してきたのだ。」

「え？　じゃあ、どろぼうをしたの？」

ただでさえ大きな目をさらにまるくした小桜に、次郎兄が答えた。

「どろぼうとは人聞きが悪い。オランダ船が寄港していいのは長崎だけだ。いくら港に入ってはいないとはいえ、陸から見えるところまで近よっていいわけがない。そういう船をさぐりにいって、いただいてきただけだ。」

「御禁制の品なら、左衛門尉様におとどけしなくちゃいけないんじゃない？」

小桜は、あたりまえのことをあたりまえのように言ったつもりだが、それを聞いて、佐久次が笑った。

見れば、一郎兄も苦笑いをしている。

佐久次が言った。

「酒井左衛門尉様はいつも江戸におられますが、大名にはちがいありません。大名ということは、御領地がおありということで……。」

そこまで言われて、小桜は気づいた。

「あっ。酒田っていったら、庄内藩の港で、庄内藩は……。」

と小桜がそこまで言ったところで、佐久次がとぼけたように天井を見て言った。

「出羽庄内藩十四万石の御藩主は酒井左衛門尉忠真様で……。」

「どういうこと？」

小桜が一郎兄の顔を見ると、一郎兄は言った。

「さあなあ。左衛門尉様の御領内の港のごく近くに、きてはならないオランダ船がきていたというだけのことだ。それが、外様大名の領内でのことなら、われらのつとめの内だが、酒井様は徳川譜代の大名だ。その御領内をさぐるのは、橘南家のつとめだ。われらの知ったことではない。」

「その橘南家にしたところで、まさか、左衛門尉様の御領内ではなあ……。」

と次郎兄が言うと、佐久次が、

「さようでございますね。」

と、にやにや笑った。

「え？ それ、どういうこと？ もしかして、酒井様の御領内のだれか、たとえば酒田の商人が、こっそりオランダ船と取り引きをしているってこと？ そんなこと、御法度じゃない。しかも、陸から見えるところまできてるんだったら、酒井様もごぞんじってこと？」

小桜の言葉に、一郎兄と次郎兄、それから、佐久次が同時に、

「さあ……。」

と言った。

小桜は、よくわけがわからないでいると、次郎兄が話を変えた。

「このたびは、出羽米沢藩の上杉をさぐりにまいったのだ。そのまえに、庄内藩にいき、左衛門尉様からおあずかりした書状を鶴ケ岡城の国家老様におとどけし、そのあと、ちょっと酒田に足をのばし、港見物をしたのさ。それで、上杉だが、当主の弾正大弼綱憲

は学問所を建てたり、寺の修繕をおこなったりで、文政に力を入れており、まあ、よいといえばよい面もあるのだが、十五万石という石高のわりには、参勤交代が派手で、そんな金はどこから出てくるのかということで、そんなこともふくめ、いろいろさぐりにいったというわけさ。」

「それで、なにか出たの？」

小桜の問いに、次郎兄は首をふり、

「なにも……。」

と答えてから、言った。

「去年、南家の忍びが、吉良邸をさぐりにいった帰りに、殺されたことを知ってるか？」

小桜は一郎兄の顔をちらりと見てから、答えた。

「知ってる。」

「だれがやったのか、未だにわからぬそうだ。だが、吉良邸の帰りに殺されたとすれば、やったのは上野介の手の者と考えるのが順当だ。上野介の屋敷から、なにかを盗みだし、持ち帰るとちゅうに、追手に討たれたのではなかろうか。」

そう言われても、南家の忍びが殺されたことと、次郎兄が米沢藩をさぐりにいったことのかかわりがわからない。

「それがどうしたの？　南家の忍びのことに、兄上が上杉をさぐりにいったことがどうつながるの？」

と問うた小桜に答えたのは、一郎兄だった。

「米沢藩主上杉弾正大弼様は、吉良上野介義央様の実子だからな。先代の米沢藩主に世継ぎがいなかったので、親戚筋の上野介様の子を養子にされたのだ。」

小桜は驚いた。

「えーっ！　じゃあ、吉良様と上杉様のきずなは深いってことね。だけど、吉良様がお子を養子に出しちゃったら、自分のところの世継ぎはどうなるの？」

一郎兄がうなずく。

「御次男がいらしたのだが、亡くなられた。それで、お世継ぎはいなくなる。そこで、上杉綱憲様は生まれてきた自分の子を吉良様に養子に出されたのだ。」

「それなら、吉良様のお世継ぎは孫ってことか。なんだか、複雑ね。」

と言ってから、小桜はつぶやいた。

「酒井左衛門尉様は、南家には上野介様をさぐらせ、うちには米沢藩を探索させたってことかあ……。」

一郎兄がもう一度うなずくと、次郎兄が言った。

「まあ、そういうことになるな。」

「だけど、両方さぐらせて、左衛門尉様はなにをなさるおつもりなのかしら。」

と小桜は言って、まず次郎兄の顔を見て、それから視線を一郎兄に移した。

一郎兄がふっと息をはいて、言った。

「おまえもいつまでも子どもではないし、いつかは一人前のくのいちになるのだろうから、わかっておいたほうがいいかもしれない。去年、江戸城内で吉良上野介様に斬りかかり、けがを負わせた浅野内匠頭様はその日のうちに御切腹。浅野様の御家臣たちが上野介様をねらいつづけているといううわさがある。いずれ上野介様を襲い、討ちはたすだろうとな。もしそのうわさがほんとうだとすると、どうなる?」

「どうなるって? 浅野様の御家来衆が吉良様を討ちはたして、それで終わりでしょ。上杉様にはかかわりはないでしょ。」

「そうだ。たとえば路上で、吉良様がどこかにお出かけになるときに襲って討ちはたせば、そのあと、浅野様の御家来衆がどういうおとがめをうけるか、それはともかく、吉良様が亡くなり、孫の義周様が吉良家を継いで、一件落着だ。しかし……。」

「しかし？」

「しかし、浅野様の御家来衆が路上ではなく、吉良様のお屋敷を襲って、上野介様を討ったら？」

「それだって、吉良様が亡くなって、それで終わりでしょ？」

「もし、そのとき、お世継ぎの義周様も討たれたら？」

「ひょっとして、跡継ぎのいない吉良家は断絶で、御領地はお召しあげ？」

「そうなる。吉良様の石高は五千石だ。それだけではない。そのとき、急を知った上杉様が吉良様のところに救援にむかわれたら？」

「そうしたら、浅野様の御家来衆は吉良様を討ちはたせなくなるかも……。」

「そんなことは問題ではない。武装した武士たちが将軍様おひざもとの江戸で、騒ぎを起

こしたということになる。まちがいなく、上杉家、米沢藩はお取りつぶしだ。十五万石は
お召しあげとなる。そうなれば、合わせて十五万五千石。」
「そんな……。酒井左衛門尉様は、そんなことをたくらんでいらっしゃるの？」
「べつに、たくらんでおられるわけではない。そうなるかもしれないと、そうお考えに
なっているだけだ。」
と一郎兄が言ったところで、佐久次がつぶやいた。
「さあ、それはどうでしょうか……。」
「どうでしょうかとは、どういう意味だ。」
めずらしく、一郎兄がにらむようにして佐久次を見た。しかし、佐久次は一郎兄を見か
えして、
「姫にはちゃんと教えられたほうがいいでしょう。いずれは、一人前のくのいちになるの
だからと、惣領様は今、そうおっしゃったばかりではないですか。」
と言ってから、次郎兄の顔を見た。
次郎兄は腕を組んで、なにも言わない。

佐久次が小桜に目をやって、言った。

「上野介様は呉服橋から本所に引っ越されましたが、それは、上野介様が将軍様に願いでたということになっております。ですが、ほんとうのところはどうでしょうか。引っ越すように命じられたとも考えられます。」

「そうかもしれないけど、それなら、どうしてかしら?」

小桜がそう言うと、佐久次は反対にきいてきた。

「姫。呉服橋と、大川のむこうの本所では、夜遅く、どちらがにぎやかで、どちらがさびしいでしょうか。姫はよく、夜にお出かけになるから、ごぞんじでしょう。」

「そりゃあ、本所のほうがずっとさびしいけど……。」

と答えた瞬間、小桜は気づいた。

「え? ひょっとすると、吉良様のお屋敷に討ち入りやすいように、吉良様に引っ越しをさせたとか、まさか、そんな……。」

そんなことがあるのか、ないのか、三人の男たちはもりなにも答えなかった。

小桜はみなの顔を見わたしてから、言った。

「もしかすると、南家の忍びが吉良様のお屋敷から盗みだそうとしたのは、吉良様のお屋敷の絵図面とか？　それで、これは、もっと、もしかしたらだけど、左衛門尉様はその絵図面を浅野様の御家来のだれかにとどけさせようとしたとか？　いくらなんでも……。」

佐久次が言った。

「姫。そうだとはだれももうしておりません。世の中にはいろいろなことがある、いや、あるかもしれないというだけです。あるかもしれないことを考えるのも、忍びにとって、だいじなことでしょう。ですが、もう夜もだいぶふけてまいりました。そろそろおやすみになられたほうがよいのでは？」

一郎兄と次郎兄がうなずいた。

三段 ✿ 棄灰の刑

次郎兄のみやげの紅玉のかんざしと、それから、吉良上野介や上杉家のことで、小桜は、瀬戸流の忍び、海風に会ったことを一郎兄に言うのをすっかり忘れていた。それで、翌朝、朝餉のまえに一郎兄に話すと、一郎兄は、

「そうか。わかった。」

と言っただけで、ほかはなにも言わなかった。

次郎兄は、ふつうなら江戸にもどってきても、近江屋にちょっとよるだけで、城の橘北家の屋敷にいってしまうのだが、めずらしく、近江屋に泊まり、朝餉をいっしょにとった。

近江屋と城の屋敷のあいだは、とくに変わったことがなくても、少なくとも一日一回はつなぎの往復がある。

変わったことがなければ、変わったことがないことを知らせる。

このごろでは、たいていはその役を小桜がしている。

朝餉のあと、次郎兄が城の屋敷にいくというので、小桜はいっしょにいくことにした。

きのうは、次郎兄は飴屋姿だったが、けさは商家の番頭のようなかっこうをしている。

小桜は丁稚姿だから、ふたりでならんで歩いても、まるで不自然ではない。

呉服橋をわたって、武家屋敷のならぶ道に入ると、町人はほとんど通らない。

東から西にむかっているので、ふたりの前に、朝の長い影ができている。

細川越中守の屋敷の前で、道を南にとり、小橋をわたったところで、小桜が言った。

「兄上。出羽じゃ、左衛門尉様の御領地と米沢藩だけ?」

「左衛門尉様のお城にうかがったあと、酒田の港にいった。そのあと、米沢藩は帰りにいくことにして、北に足をのばし、鷹巣藩のようすを見てきた。二万三千石。領主は須永右馬頭輝春だ。」

「なにか出た?」

「なにも出ない。」

と答えて、次郎兄は笑った。

「今度のおつとめは左衛門尉様の国家老様に書状をおとどけしただけで、まるで飛脚だ。」

「わたしは、兄上が無事に帰ってきて、しかも、あんなきれいなおみやげまでもらえて、嬉しいけど。それで、鷹巣って、どんなところ？」

「小さな町だ。どんなと言われても、ふつうの……。」

と次郎兄が答えたところで、角を左にまがる。

忍びは、角では口をきかない。

まがったところに、だれがひそんでいるかわからないからだ。

角をまがりきってから、次郎兄は言った。

「いや。ふつうではないところもある。」

「どんな？」

「宿のおやじが、鷹巣じゃあ、道に財布を落としても、かならず持ち主にもどってくるし、ここ何年もどろぼうに入られた家がないと、自慢をするのだ。」

「へえ、そうなの。いい町ね。」

「まあ、いい町といえば、いい町だ。だが、よく聞いてみると、拾った落し物を自分のものにして、それがわかると、打ち首だそうだ。落し物でそれくらいだから、よそのうちにどろぼうに入って、つかまったら、どんな罰を受けるか、わかったものではない。」

次郎兄はそう言ってから、ひと呼吸おき、言いたした。

「大昔、今の清国は殷といって、そのころは、道に灰を捨てただけで、死刑になったそうだ。灰を棄てるで棄灰。それで、これを棄灰の刑というのだが、さすがに鷹巣藩も、そこまではきびしくないということかな。」

「そうなの。でも、どろぼうって、そんなにかんたんにつかまるの？」

「つかまえるまで、何年でも探索するそうだ。だから、やったやつは、生きた心地はせんだろうな。これは、宿屋のおやじではなく、町の飯屋で聞いたのだが、役人が金の入った財布をわざわざ道に落としておき、どこかで見張り、拾った者がその日のうちにとどけなければ、つかまえるということだ。」

「あしたとどけようと思ったって、いいわけをしたら？」

「おれもそうきいてみた。そうしたら、『では、首のない身体でとどけにまいれ。』と言われるそうだ。とにかく刑罰がきびしいところで、他人の畑から大根一本盗んでも、やはり打ち首ということだ。」

「でも、大根一本盗んだ人の首をはねるなんて、その役目の役人もいやでしょうね。」

小桜がそう言って、ため息をつくと、次郎兄は、

「ところが、そういう役目の役人はいないそうだ。」

と奇妙なことを言うではないか。

「じゃあ、だれがやるの?」

「藩主の須永右馬頭輝春さ。輝春が自分で罪人の首をはねるらしい。」

「へえ、そうなの。でも、どろぼうがひとりもいなくちゃ、そんな必要もないか。」

「盗人がひとりも出ないわけではない。領内の者はしなくても、流れ者がすることがあるからな。」

「流れ者なら、悪事をはたらいて、すぐに逃げるから、つかまらないんじゃない?」

「それが、つかまるのだ。」

「どうして?」

「おれもそうだったが、旅人には、しっかり監視がつく。おれなど、ずっと見張られっぱなしだ。こっちはこういう仕事だから、見張られればすぐにわかるし、見張っているやつをまくことくらい、わけもない。だが、なみの盗人なら、仕事をして、出てきたところで、『御用だ！』ということになる。一年にひとりかふたりはつかまるそうだ。」

それから話は尾行のまきかたになり、次郎兄は、

「だれかにつけられていると思って、確かめるためにしゃがんで、わらじの紐をむすびなおすなどというのは、あんまり上策ではない。」

と言った。

「どうして？」

小桜がたずねると、次郎兄はあたりまえのように答えた。

「つけられていると思ったら、それは、つけられているのだ。気のせいで、つけられていなくても、つけられていると思うことだ。確かめる必要はない。いそぎのおつとめでなければ、その日はそれでやめにして、飯屋にでも入って、酒でも飲んでいればいい。おまえなら、鰻屋にでも入って、蒲焼きでも食っていればいい。だいじなことは、こちらが尾行

に気づいてないふりをすることさ。わらじの紐をなおすなど、こちらが気づいていることを教えてやるようなものだ。つけられていると思ったら、その日はそれで、仕事はしまいだ。」

そんな話をあれやこれやしているうちに、城の内堀に出た。ふたりはそこを左にまがり、堀沿いを平川門までいって、橋をわたり、城内に入った。

四段 ✿ 能面

つなぎを終えて、城内の橘北家の屋敷で次郎兄と別れた小桜は、ひとりで近江屋にもどってきた。すると、薬を仕入れにきた行商人が何人もきていて、店はたてこんでいた。小桜は相模屋に梅の反物を見にいきたかったのだが、店が忙しければ、自分だけ遊んでいるわけにもいかない。丁稚姿のまま、昼すぎまで店の仕事を手伝った。

昼餉のあと、少しはひまになるかと思ったら、今度は荷車二台分の荷がとどき、それを店にはこびいれたり、おさめるべき場所にしまったりで、夕方までかかってしまった。

薬種問屋の仕事でいちばんだいじなのが、とどいた荷を整理し、きちんと仕分けをしてしまうことだ。

薬には、名が似ていても、効用がまったくちがうものがある。

たとえば、鶴竜蘭香湯は、心の臓の薬ということになっており、気が高ぶった者に飲ませると、心が落ち着く。しかし、気持ちの暗くなっている者が飲むと、さらに暗い気分になったり、心が錯乱することもある。

この薬は、去年の春、三郎兄が浅野内匠頭の屋敷に忍びこんで、内匠頭にこっそり飲ませている。内匠頭が城内で吉良上野介に斬りかかったことについて、それが少なくともひとつの原因になっている。

そのとき、小桜は内匠頭の屋敷の庭で見張りをしていたのだが、あまりいい思い出ではない。

それはともかく、鶴竜蘭香湯とひと文字ちがいの薬で、鶴翔蘭香湯はただの胃薬なのだ。食べすぎのときに飲む薬だ。佐久次に言わせると、ただの気安めの薬だそうだ。

そんな薬だと思って、鶴竜蘭香湯を飲んだら、たいへんなことになるかもしれない。だから、薬はまちがえないようにして、しまわなければならず、それはひまのかかる仕事なのだ。

夕暮れになって、ようやく手があいたので、小桜は普段着の絣の着物に着替え、一郎兄

に、

「相模屋さんにいってまいります。」

と言って、店の裏口から外に出た。

相模屋以外の呉服屋にいくときは、きちんと振袖を着ていく。普段着でいくより、店の者のあつかいがよいのだ。けれども、小桜は相模屋の大得意だから、どんなかっこうでいっても、

「ああ、これはこれは近江屋のお嬢様。店におられる丁稚さんを使いによこしてくだされば、こちらからうかがいましたのに。さ、どうぞ、どうぞ。奥の座敷に。今すぐ、そちらに品を運ばせますから。」

ということになる。

お嬢様と店にいる丁稚が同じ人物だとは、相模屋は知らない。

そんなわけで、相模屋の座敷で、目当ての紫に紅白の小梅を散らした反物のほか、あれこれ反物を胸にあてたり、帯をためしたりしているうちに時がたち、あれとそれと、それからこれをと、いくつかの品にきめて帰ろうとすると、つきっきりでそばにいた大番頭が

両手を打った。

すると、すぐに女中が膳を運んできた。

小桜の前に膳が置かれると、大番頭が言った。

「お嬢様のお好きなものをあつらえておきました。近江屋さんには、さきほど使いを出して、お嬢様にはこちらでお夕食を召しあがっていただきますと、お知らせしてあります。」

小さな重箱のふたをそっと取ると、鰻の蒲焼だった。下にご飯がしいてあり、横につけものがそえてある。

どこで聞いたか、相模屋の大番頭は小桜の好物を知っているようだ。

日ごろ、一郎兄には、こういうときにあまり遠慮してはならないと言われている。

「近江屋の娘ということで出かけ、食事を出されたら、嬉しそうに、しかし、あたりまえのように食べてこい。」

と言われている。

夕刻から、さんざん反物やら帯やらを見て、そのあと食事までしていれば、とっくに夜になっている。

相模屋が用意してくれた駕篭に乗り、相模屋を出たときには、すっかり暗くなっており、日本橋と京橋をむすぶ大通りですら、人通りがまばらになっていた。

用心のため、駕篭には、千吉という相模屋の若い番頭がひとりついている。

千吉は、大番頭が店にいないとき、よく小桜のあいてをする男で、小桜の着物の柄の好みをよく知っている。

空は晴れているが、月は出ていない。

「えいほ、えいほ。」

とはずむような掛け声とともに、提灯をゆらして、駕篭がいく。

その駕篭がいきなり止まった。

そして、

「ぎゃっ……。」

と叫ぶような、うめくような声がしたかとおもうと、がつんと衝撃が走り、駕篭が地面に落ちた。

ザッザッと衣擦れの音につづいて、

「わっ！」

と声があがり、つづけざまに二度、うめき声が聞こえた。

襲われた！

とっさに小桜はすわったまま身体を大きく左にふり、駕籠をたおし、横だおしになった駕籠から躍りでる。

その勢いで、二度とんぼがえりをうって、立て膝姿で身構える。

相模屋の千吉と駕籠かきがふたりたおれている。

すぐそばで、落ちた提灯がぼっと燃えている。

その明かりのむこうに、暗い色の羽織の男が刀を八双にかまえて立っている。

八双にはかまえているが、しかし、左右が逆だ。

そうか、左利きか……。

身体はさほど大きくないが、女ではない。男だ。

太ってはいないが、かといって、やせているというほどでもない。

袴をはいていないところを見ると、町役人にも見えるが、腰に十手はない。

顔の色が妙に白いと思えば、能面をつけているではないか。

派手な鬼や般若ではない。ありふれた小面だ。

忍びではない。

忍びに襲われるおぼえもないし、もし、小桜を襲おうとする忍びなら、夜とはいえ、大通りで、しかもよけいな者を三人もたおしてからにはしない。よほどのことでもなれば、そんな派手なことを忍びはしない。

だとすれば……と考えるほどのこともない。

辻斬りだ！

一郎兄から聞いていたあの辻斬りだ。

着物をあつらえにいった帰りに、しかも、大通りで辻斬りにあおうとは思わなかった。

だが、その、思わなかった、が油断だった。

武器は、髪にさした桜のかざりのかんざし一本。ほかにはなにも持っていない。

男が刀を八双にかまえたまま、じりじりと摺り足で近づいてくる。

あと数歩というところにきて、一歩踏みだし、同時に刀を振りおろしてきた。

左利きの者は、こちらから見て、右から左に斬りおろしてくる。それを左によければ、あいてはさらに一歩踏みだしてくる。

小桜は振りおろされる刀をくぐるようにして、男のうしろにまわり、腰に後ろ蹴りを入れた。

蹴られて、男がずんと前のめりになる。だが、よろけただけで、たおれはしない。すぐに、体勢をたてなおして、今度は上段にかまえた刀を振りおろしてきた。

その切っ先を左にかわすと、小桜は二歩、三歩とうしろにさがった。

それを追って、男が斬りかかってくる。

耳もとで、刀がヒュッと空を切る。

小桜はあとずさりしながら、髪からかんざしを抜いた。

先は鋭利に研いであっても、しょせんは銀だ。鋼の刀を受けられるものではない。

さらに斬りかかろうとして、男が刀を振りあげたとき、小桜は男ののどもとをねらって、手裏剣がわりに、かんざしを投げた。

男が飛んでくるかんざしを刀ではらいおとした。

万事休す。

小桜はきびすを返して、走った。

四つ辻に、用水桶がある。

その用水桶にひょいと跳びのり、そのままの勢いで、商家の屋根に跳びあがる。

ふりむくと、男が刀を左手にさげて、こちらを見あげている。

やはり、忍びではない。

忍びなら、屋根まで追ってくるはずだ。

男が刀の血ぶりをし、ふところから懐紙を出して、刀をぬぐった。

懐紙をふところにもどし、刀を鞘におさめた。そして、こちらに背をむけると、駕籠がきた方向、相模屋のほうにむかって、ゆっくりと歩きだした。

追うか、追わぬか、一瞬、小桜は考えた。

追って、どこに帰るか見きわめるのがよい。

だが、あいてもこちらがただの町娘でないことは気づいただろう。

それなら、つけられることを予想して、そうやすやすとは身元がわかるような場所には帰らないだろうし、町娘のかっこうで屋根づたいに追っていけば、だれかに気づかれ、めんどうなことになるかもしれない。

月のない夜の闇に辻斬りの姿が溶けこむのを待って、小桜は口に両手をあて、三度叫んだ。

「人殺しーっ！　人殺しーっ！　人殺しーっ！」

一呼吸おいて、もう一度三度叫んだ。

「人殺しーっ！　人殺しーっ！　人殺しーっ！」

どこかで戸が開く音がした。

そして、べつのところでも、戸の開く音がした。

ひとり、またひとりと、通りに人が出てくる。

かわいそうだが、相模屋の千吉と、ふたりの駕篭かきが生きているとは思えなかった。

辻斬りは左利きだった。袈裟がけに斬られても、心の臓に刃がとどいていないかもしれない。だが、辻斬りはきっと、三人にとどめを刺しているだろう。

袈裟がけに斬りおろしてから、切っ先を突きだし、心の臓にとどめを刺す型は、よく三郎兄が稽古している。きっとあれだろう。

しかし、三人が死んだときまったわけではない。助かるものなら、小桜の叫び声で外に出てきた人たちがなんとかするだろう。すぐに叫ばなかったのは、人があまり早く出てきては、まだそのあたりにいるかもしれぬ辻斬りに、斬られないともかぎらないと思ったからだ。

小桜はしばらく屋根づたいに走り、ころを見はからって道に跳びおりると、そのまま近江屋に帰っていった。

五段 ✲ 見(み)舞(ま)い

近江屋(おうみや)にもどると、小桜(こざくら)は、店にいた一郎兄(いちろうあに)と佐久次(さくじ)に、今のことをすべて話した。

「相模屋(さがみや)の番頭(ばんとう)と、駕籠(かご)かきを助けられなかったことは気にするな。おまえは、するべきことをすべてした。」

店には若(わか)い手代(てだい)がふたりいる。もちろん、ふたりとも忍(しの)びだ。

佐久次(さくじ)はふたりを呼(よ)ぶと、それをひきつれて、裏(うら)から出ていった。

小桜(こざくら)は庭で三人を見送ったが、そのときになって、半守(はんす)がいないことに気づいた。

小桜(こざくら)が襲(おそ)われた場所は近江屋(おうみや)からだいぶはなれている。

今ごろは騒(さわ)ぎになっているだろうが、ここからではなにも聞こえない。

夜がしいんとふけていく。

一郎兄とふたりで、座敷で待っていると、やがて、ふたりの手代のうちのひとりが帰ってきて、一郎兄に言った。

「駕籠屋のふたりはだめでしたが、相模屋の番頭はまだ生きておりました。戸板に乗せて、相模屋にとどけました。ふたりはまだ相模屋です。」

ふたりというのは佐久次ともうひとりの手代だ。

「これ、拾ってきました。」

と言って、小桜にかんざしをわたしてくれた。

見れば、まん中あたりで、折れてふたつになっている。

かんざしのことはなにも言っていなかったのに、さすがに忍びだけあって、あたりをしっかり見てきたのだろう。

忍びは多少の医術をこころえている。

もどってきた手代は血止めの薬を持って、また出ていった。

手代がいってしまうと、一郎は小桜に、

「もう寝たほうがいい。」

と言ったが、そんな気分にはなれない。

「いいえ。佐久次がもどってくるまで起きています。」

小桜がそう言うと、一郎兄は茶をいれてくれた。

小桜がその茶をひと口飲んだとき、一郎兄が言った。

「三人が斬られるところは見なかったのだな。」

「はい。駕篭から跳び出たときはもう、三人とも、たおれていました。」

小桜が答えると、一郎兄は小さくうなずいた。

「最初に斬られたのは、相模屋の番頭だろう。おそらく駕篭の前を歩いていただろうしな。だが、それが番頭にとって、さいわいだった。」

一郎兄の言葉の意外さに、小桜が、

「えっ？」

と言うと、一郎兄は自分の茶をひと口飲んでから言った。

「おそらく、辻斬りは物陰からすっとあらわれたのだろう。いちばん前にいた番頭は驚いて、のけぞったのだろう。そこを袈裟がけに斬られたにちがいない。のけぞったおかげで、深手にはならなかった。だが、そのとき、ふたりの駕籠かきはどうしたと思う。」

「すぐに逃げようとしたと思います。」

小桜の答えに一郎兄はうなずいた。

「駕籠かきは仕事がら、身のこなしが早い。辻斬りはふたりの駕籠かきを逃がすまいとして、相模屋の番頭にとどめを刺せなかったのだろう。順番まではわからぬが、辻斬りがふたりの駕籠かきを斬って、とどめを刺したとき、おまえが駕籠から跳び出た。そこで、今度はおまえを斬ろうとした、と、そういう手順だろうな。」

きっと、そういうことだったのだろうと、小桜が、自分では見ていなかったそのときのようすを想像していると、一郎兄が言った。

「辻斬りの立場に立てば、おまえを逃してしまったのはしかたがなかろう。駕籠に忍びが乗っていることは知らなかっただろうしな。しかし、相模屋の番頭にとどめを刺さずに立ち去ったことはうかつだ。おまえが屋根に逃げたあと、そのひまはあったろう。よいか、小桜。いずれおまえが遠国でおつとめをするようになったとき、だれかに襲われ、それをたおしたら、かならずとどめを刺せ。生き証人を残してはならない。」

日ごろ、一郎兄はやさしい。それだけに、一郎兄の今の言葉にはすごみがあった。

「わかりました。」

と答えたものの、たおれているあいてに、とどめを刺す自信はなかった。

夜が白々と明けてきたときになって、佐久次がふたりの手代をつれて、裏から帰ってきた。

そのとき、庭に出てみると、いつのまにか半守が松の木の下にすわっている。

「駕籠かきはふたりとも即死だったようですが、相模屋の番頭は命をとりとめました。助かったといっても、しばらくは動けないでしょう。相模屋に運んで、あれこれ処置をしてまいりました。相模屋の主人は、姫がけがもせずに逃げもどったと聞いて、胸をなでおろしておりました。遅くまでお引きとめしたばかりにと、何度もあやまっておりました。」

佐久次の報告に、一郎兄は答えた。

「ご苦労だったな。朝餉のあと、相模屋に挨拶にいってこよう。」

「じゃあ、わたしも。」

と言った小桜を見て、一郎兄が苦笑した。

「それはだめだ。」

「どうして？　だって、相模屋の番頭さんは、わたしを送ってきて、辻斬りに斬られたんだし。」

不服そうな顔の小桜に、佐久次が言った。

「辻斬りにあって、命からがら逃げてきた薬問屋の娘は、二、三日はこわくて外には出られないのがふつうというものです。おそらく、相模屋のほうからも、見舞いがくるでしょう。きょうあしたは、二階で寝ているか、さもなければ、丁稚姿でいてください。」

じっさい、朝餉のまえに、相模屋の主人と大番頭が店の者をふたりつれて、近江屋に見舞いにきた。

お茶を出したのは、近江屋の手代だった。

商家の主人が大番頭をつれて見舞いにきているのに、丁稚が茶を出すわけにはいかない。

小桜が廊下で聞き耳を立てていると、一郎兄が、

「ご心配くださり、ありがとうございます。いや、妹はよほどこわかったようで、ほとんど口もきけませんでした。ちょうどうちの番頭が手代をつれて、むかえにいったところ、

妹が日本橋の大通りを逃げ帰ってくるところでした。人が出て、騒ぎになっておりましたので、うちの番頭がそのあたりの店で戸板を借りて、そちらさまの番頭さんをお店に運ばせていただいたようなことでして。いやはや、恐ろしい世の中で……。」

などと言っているのが聞こえた。

相模屋から聞いたのだろう。昼すぎになって、仁王の雷蔵が店にやってきた。

仁王の雷蔵は、近江屋の娘と丁稚が同じ者だと気づいている。近江屋がただの薬種問屋ではないことも勘づいている。

佐久次に、

「このたびは、とんだこって……。」

と挨拶をしているが、言葉のわりには、心配そうな顔はしていない。

今さらかくしてもしかたがないので、小桜はとなりの釜屋に雷蔵をつれていって、辻斬りにあった顚末をすべて話した。もちろん、一郎兄の許しを得てからだが。

昼餉の時刻をすぎていて、釜屋にほかに客はいない。

奥の席で話を聞くと、雷蔵は言った。

「お嬢様が逃げてきたっていうんだから、下手人はかなりの使い手ですね。今まで殺された者はみな、右肩から袈裟がけに斬られ、しかも心の臓にとどめを刺されていやした。下手人が左利きだということはわかっておりやした。相模屋の番頭は口がきける状態ではなく、なにも聞けませんでした。お嬢さん、下手人の特徴とか、なんでもいいので、どんな些細なことでもいいから、おっしゃってくだせえ。」

小桜はおぼえていることはすべて話した。

暗い色の羽織で、袴ははいておらず、身体はさほど大きくはなかったこと。左利きだったこと。顔に能面をつけていたことなど……。

「能面ですって？　ずいぶん酔狂なまねをしやがりますね。それで、どんな面で？」

「小面よ。ほら、女の面。表情のないやつ。」

「歳は？　若い野郎でしたか？」

「なにしろ、面をつけていたし、歳はわからないけど、身のこなしから見て、四十まではいってないと思います。」

「浪人風でしたか？」

「いいえ。貧しい感じはなくて、着物は新しくて、ぺらぺらの安物っていうんじゃなかったと思います。」

「刀は？　刀はどんなでした？」

「どんなって、刀までは……。」

と言いかけて、小桜は、ふたつになったかんざしのことを思い出した。

「親分。ちょっと待ってて。」

と言って、雷蔵を釜屋に待たせておき、小桜はかんざしを持ってもどってきた。

　小桜がふたつになったかんざしをわたすと、雷蔵は切り口を見て、

「ううむ、こりゃあ……。」

とうなった。それから、かんざしの切り口を指でさすった。そして、言った。

「これ、あっしがお嬢様にさしあげたもんですよね。」

「そうなの。せっかく親分さんにいただいて、すごく気に入っていたのに、こんなふうにされちゃって……。」

　小桜が残念そうにそう言うと、雷蔵はかんざしを卓の上に置いて、言った。

「そんなことは気にせんでくだせえ。あっしも、お嬢様のかんざしの使い道をまるで知らねえわけでもねえしね。じつはこれ、銀無垢じゃなくて、まぜものをして、強くしてあるんでさあ。それをこうやって、ほら、切り口を見てくだせえ。切ったやつの腕もいいが、刀も相当なものだな。安物のなまくら刀じゃあ、こうは切れない。こりゃあ、浪人どころじゃなくて、かなり金のあるさむらいだ。」

「お金があるって、たとえば旗本とか？」

「さあ、旗本かもしれやせんし、あるいは御大名とか。」

「大名って……？」

「御大名ということだって、ないとは言いきれやせん。」

と答えてから、雷蔵は立ちあがり、ふところから手ぬぐいを出した。そして、ふたつになったかんざしを卓から取りあげると、

「これはあずからせてくだせえ。そんなに気に入ってくだすったんなら、作らせた職人になおさせやしょう。」

と言って、手ぬぐいにつつみ、ふところにねじこんだ。そして、小桜がなにか言うのを待

たずに、

「また、なにか思い出したら、教えてくだせえ。」

と言いのこして帰っていった。

そのときも小桜は丁稚姿だったが、それからしばらく、小桜は女の姿ではおもてに出なかった。


月が十二月にかわった。

おとながよく、師走の風は冷たいという。

冬だから、風が冷たいのはあたりまえだが、そういうことを言っているのではない。

暮れは人々にとって、つけで買ったものの支払いをする月だ。

支払いの金がたりない者が、師走の風の冷たさをなげく。

そういえば、金がないことをふところが寒いというではないか。

六段 ✿ 八曜の紋

小桜は夜遊び、いや、夜の稽古にしばらくいっていない。

辻斬りがこわいわけではないが、どうも気乗りがしなかった。

それだけではない。夜、出かけようとすると、半守がいなかったりする。

半守をつれていかないと、かわりに佐久次がついてくる。べつに、稽古の邪魔をするわけではないから、わずらわしいことはないが、見られていると、稽古がしにくい。

十二月も三日、四日とすぎていき、五日の月が空にかかれば、夜はさほど暗くない。まして、小桜は夜目がきく。

夜四ツをすぎて、町の木戸が閉まったころ、小桜が庭に出てみると、半守が勝手口のそばですわっていて、小桜と目が合うと、すっと腰をあげた。

「いこう……。」

と声が聞こえたような気がした。

「待って。したくをしてくるから。」

と言って、小桜は二階にあがり、すっかり忍び装束に着替えると、脚絆にかんざしをしこみ、小ぶりの忍者刀を腰にさした。

覆面をふところにつっこんで、庭に出ると、半守はもう裏木戸のそばで小桜を待っている。

一郎兄も佐久次も、ふたりの手代もまだ起きている。

店のほうにむかって、

「いってまいります。」

と声をかける。

出てきた佐久次に見送られ、裏から通りに出て、それからさらに大通りまでゆっくり歩く。

さて、今夜はどちらにいこうかと立ちどまると、半守が先にたって、道を南にとって、京橋のほうに歩いていく。

木戸が通りをふさいでいるところにくると、半守はそれを軽く跳びこえる。

小桜は壁にたてかけてある大八車に足をかけ、商家の屋根にひょいとあがり、下の道をいく半守を追う。

どうやら、半守は小桜をどこかにつれていきたいらしい。

広い四つ辻にくると、小桜はいったん道におりる。そして、また木戸につきあたると、商家の屋根にあがる……、というふうにして半守についていくと、半守は新橋をわたって、道を右にとった。

商家の街なみが終わり、武家屋敷がならびはじめる。

半守は一度左にまがり、すぐ右におれ、それからしばらくいくと、また左にまがった。

小桜は日ごろ、あまりそのあたりにはこない。

譜代の大大名の屋敷はなく、数千石の旗本か、外様の小大名の屋敷があるだけで、狭い庭では稽古ができないから……というばかりではない。広さはともかく、小桜は造園に手間と金のかかっているきれいな庭が好きなのだ。

庭の小道には白い玉砂利がしいてあり、池には錦鯉が泳いでいて、それから、枝ぶりのいい松が立ちならんでいる。梅の木が数本、それから、春には満開の桜が見られるような、そういう庭が好きなのだ。地面むきだしで、安物の飛び石が置かれているような庭には興味がない。

それに、外様大名の庭でしくじり、とらえられでもしたら、父や兄たちに迷惑がかかる。

一度、小桜の夜遊びを知った父の十郎左に、

「小桜。夜の稽古もよいが、田畑を荒らしてはならぬ。」

と言われたことがある。

田んぼや畑のあるようなところまではいかないので、小桜がきょとんとしていると、そばにいた三郎兄が笑って言った。

「父上が田畑とおっしゃったのは外様大名の屋敷のことだ。つまり、われらの働き場所ということだ。」

そんなこともあり、小桜は、少なくともひとりでは、外様大名の屋敷には入らない。だから、じつを言うと、そのあたりの大名屋敷がどの藩の屋敷なのか、わからない。

しかし、門にはその家の家紋がかざりつけられていることもあるから、それを見れば、だれの屋敷かわかることもある。

そんなふうにして、門の家紋を見あげながら、半守のあとについていくと、さほど大きくもない屋敷の門の前で、半守が立ちどまった。

門の家紋を見れば、丸をかこんで、小さな丸が七つ。

小さな丸が八つならば、九曜といって、大外様大名、細川家の家紋だ。だが、丸をかこんで小さな丸が七つ、八曜の紋など、小桜は知らない。

小桜が紋を見あげていると、半守は塀にそって歩きだし、人の歩幅にして十歩ほどいったところで、塀をむいて腰を落とした。

次の瞬間、半守の姿は空中にあり、そして、そのまま塀のむこうに消えた。

小桜はまずふところから覆面をだし、それを顔につけた。腰から鞘ごと刀を抜き、むすんであった刀の緒をとく。その緒のはしを持ち、刀を塀に立てかける。

右足をあげ、刀の鍔にかけると、ひょいと塀の上に跳びあがる。

手に持った緒で刀を引きあげる。

塀の上で身を低くして、庭をうかがう。

どこにいったのか、半守の姿は見えない。

屋敷も庭もさほど広くはない。

それでも、細い貧相な松が十本ほどは植えてある。

小さな庭のむこうに、石灯篭があるが、明かりは入っていない。

これが大大名の屋敷なら、夜通し、明かりがともっている。

火のない石燈篭のむこうで、なにかが動いた。

半守か……、と思ったが、そうではない。

人だ。

ほかには……？

小桜は庭のすみずみまで目をやったが、ほかに人の姿はないようだ。

音をたてずに、庭に降りる。腰に刀をさす。

塀にそって、前かがみに進む。五、六歩いったところで、石灯篭のうしろに半分かくれていた姿の全身が見えた。

男だ。

武士、いや、忍びもそうだが、屋敷内では刀を腰にさしていない。

だが、その男は大小二本の刀をさしている。

もう数歩進むと、灯篭のかげから、人の背丈ほどの太い杭が三本見えた。

巻き藁だ。

男が右手を腰にやった。鞘の鯉口に手をあてたのだろう。ということは、男は左利きだ。

左利き……。

小桜がはっとして息をのんだとき、男は左手で刀を抜くと、八双にかまえ、巻き藁に斬りつけた。

ズッと低い音がして、ななめに斬られた巻き藁の上半分が地面に落ちる。しかし、それより速く、男は巻き藁の下半分に刀の切っ先を突きさした。

刺した刀を巻き藁から抜くと、刃についた藁屑をぬぐうためか、男はふところから懐紙を取りだして、それで刀をぬぐった。その懐紙をふところにもどし、刀をゆっくりと鞘におさめた……。と次の瞬間にはふたたび刀を抜き、二本目の巻き藁に斬りかかったかとおもうと、一本目と同じ動作をくりかえし、刀を鞘におさめる。そしてまた抜いて、同じことをくりかえした。

三本の巻き藁に同じことをすると、男はこちらに背中をむけ、母屋づたいに歩いていった。やがて男は、一か所、雨戸の閉められていないところから、縁側にあがった。

左利き。八双にかまえ、袈裟がけに斬りつけてから、突きさす……。

まちがいない。あの辻斬りにまちがいない。

背かっこうも同じくらいだ。

小桜が今いる場所が旗本の屋敷なのか、大名の屋敷なのか、それはわからない。だが、いずれにしても、男は主人だ。家臣ではない。

家臣が巻き藁を使って稽古をしたのなら、すぐに片づけるはずだ。それをしないのは、しないでよい立場にいるからだ。だとすれば、旗本自身か大名自身、いや、参勤を終えて大名が国許に帰っているとすれば、留守の大名屋敷をあずかる江戸家老かもしれない。

立膝をついたかっこうで、小桜がそんなことを考えていると、だれかが小桜の尻を押した。

驚いて、あやうくあげそうになった声をのどもとで飲みこんでふりむけば、そこに半守がいた。

半守が鼻先で小桜の尻を突いたのだ。

見れば、口になにかをくわえている。

能面だ。小面の面をくわえている。

小桜は手をのばし、半守の口から能面を取ろうとした。

半守が顔をそむける。

「それ、こっちによこして。証拠の品なんだから、持って帰らなくちゃ。」

小桜がささやき声でそう言うと、半守は首を左右にふった。そして、能面をくわえたまま、母屋のほうに走っていくと、低い木のむこうに消えた。

そうか。どこにあったか知らないが、あった場所に面をもどしにいったのだ。持って帰ってしまえば、屋敷にだれかが入ったことがわかってしまう。

そう長くは待たなかった。

半守は、いったときとはまったく別の方向から、塀づたいにもどってきた。そして、小桜と目が合うと、塀を跳びこえて外に出た。

今夜はここまでにしておこう、ということだろう。

夜もここまでふければ、あの男も辻斬りをしに、出かけはしないだろう。まるで人のいない場所では、辻斬りはできない。

小桜は半守を追って、塀をこえた。そして、門までもどると、もう一度家紋をたしかめた。

大きい丸を真ん中にして、小さい丸が七つ。

八曜の家紋だ。

もし、これが旗本ではなく、外様大名の家紋なら、橘北家のおあいて様、つまりさぐるべきあいてということになる。

小桜は覆面をはずし、それをふところにねじこんだ。

きた道をもどって、ゆっくり歩きだす。

半守がうしろをついてくる。

歩きながら、小桜は考えた。

辻斬りは屋敷の主人か、さもなければ家老などの重役だ。それは、まちがいない。だが、どのようにして半守はそれをさぐりあてたのだろう。

小桜は辻斬りにあった晩のことに思いをめぐらせた。

近江屋に帰ったあと、気がつくと、半守がいなくなっていた。

そうか！　あの夜、帰ってきた小桜のようすを見て、半守は変事に気づいたのだ。そして、小桜のにおいをたどって、辻斬りのあった場所にいき、そこからは、下手人の残したにおいを追って、男の屋敷をさぐりあてたのだ。

けれども、半守はどうして下手人のにおいをたどれたのだろうか。

下手人の持ち物がなにか残っていれば、それをかぎ、同じにおいを追うこともできただろう。

だが、あのとき、あの男はなにも残していかなかったはずだ。血をぬぐった懐紙も、ふところにしまっていた。

懐紙？　そうか、懐紙か！　半守は男のにおいを追ったのではなく、懐紙についた血のにおいを追ったのか！

それにしても、謎(なぞ)はもうひとつ残る。

男が能面(のうめん)をかぶっていたことは、半守(はんす)は知らないはずだ。それなのに、どうして半守(はんす)は面のことを知っているのだろう……。

きた道をゆっくりもどり、新橋(しんばし)をわたろうとしたところで、小桜(こざくら)は気づいた。

そうだ。ここ何日かのあいだ、夜、半守(はんす)が庭にいないことがあった。

おそらく、半守(はんす)はあの屋敷(やしき)を見張(みは)ったのだ。そして、あの男が出てくると、あとを追ったのだ。

まさか、屋敷(やしき)を出るときから能面(のうめん)をかぶってはいないだろう。斬(き)るあいてを見つけて、男は面をかぶったのだ。

おそらく、男が物影(ものかげ)に身をひそめ、通りがかりの人を襲(おそ)おうとしたとき、半守(はんす)は吠(ほ)えたくったのだ。

通りがかりの人は、なにごとかと思っただろうが、生類憐(しょうるいあわれ)みの令のおかげで、犬はそのあたりにいるし、犬が吠(ほ)えることは日常茶飯(にちじょうさはん)。だが、吠(ほ)えつづければ、やがて人も出てくる。男は辻斬(つじぎ)りをあきらめざるをえない。

ともあれ、きのうか、おとといか、もっとまえかはわからないが、半守はそのようにして、男が辻斬りの下手人であることを確かめ、そして、今夜、それを小桜に教えたというわけだろう。

新橋をわたりきったところで、小桜はふりむいた。

うしろを歩いてきた半守が立ちどまる。

半守と目が合うと、小桜は言った。

「半守。おまえ、すごいね……。」

「それほどでもない。」

とは答えなかったが、思いなしか、半守はそんな顔でそっぽをむいた。

七段 ✿ 首切り役

近江屋にもどると、一郎兄と佐久次が店の帳簿づけをしていた。

そのようすを見ると、まるで忍びには見えない。どう見ても、店の主人と番頭だ。

「ただいまもどりました。」

ともあれ挨拶をすると、小桜は一郎兄の前、佐久次のとなりにすわった。

「茶でもいれましょうか。」

と立ちあがりかけた佐久次を小桜は、

「お茶なんかいいから、兄上といっしょに話を聞いて！」

と引きとめて、今見てきたことをすべて話した。

話を聞きおわると、佐久次が言った。

「八曜の紋といえば、ほら、このあいだ、次郎様がさぐりを入れた出羽の須永右馬頭様の紋所でないでしょうか。須永様の下屋敷も、だいたいそのあたりですから、まちがいないでしょう。」

「鷹巣藩主、須永右馬頭輝春か……。」

とつぶやいてから、一郎兄が小桜に言った。

「その男、おれと同じくらいの歳に見えたか。」

「そうね。はっきりはわからないけど、兄上と同じくらいかもしれない。」

小桜の言葉に、一郎兄はうなずいた。

「それなら、そいつは右馬頭輝春だろう。鷹巣藩は参勤で、輝春は春まで江戸だ。」

なんと、鷹巣藩主、須永右馬頭輝春は自国ではきびしい罰で領民を取りしまっておき、江戸では辻斬りをしていたのだ！

一郎兄は小桜に、

「町民がよほど無礼なことをすれば、武士はこれを斬っていいきまりになっている。しかし、辻斬りでは、たとえあいてが町民であっても、罪はまぬかれない。」

と言ってから、佐久次にたずねた。

「右馬頭には、子がいたか？」

「まだおりません。養子も取っていないと思います。」

佐久次の言葉に、一郎兄はうなずいた。

「では、辻斬りが露見し、輝春が切腹となれば……。」

そこまで一郎兄が言うと、佐久次がそのあとを言った。

「跡取りがおられなければ、須永家は断絶。御領地はお召しあげ。いや、たとえ跡取りがおられても、将軍様おひざもとの江戸府内で辻斬りをしたとあっては、鷹巣藩はお取りつぶしでしょう。もしそうなれば、姫のお手柄です。」

自分のではなく、半守の手柄だけど……、と小桜が思っていると、一郎兄が言った。

「しかし、そこまで持っていくためには、たしかな証拠が必要だ。辻斬りのときにつけていた面だけでは、証拠になるまい。とらえても、そうやすやすとは白状すまい。」

「それじゃあ、辻斬りは野ばなしじゃない。今夜はともかく、あしたの晩だって、罪もない町民が斬られてしまうかもしれないのに。」

「そうはいっても、鷹巣藩の下屋敷に乗りこんで、右馬頭を斬りすてるわけにはいかんだろう。」

「じゃあ、どうするのっ！」

おもわず声が大きくなった小桜をなだめるように、佐久次が言った。

「まあ、まあ、姫。今夜はこんな時刻ですから、右馬頭様も辻斬りをしに、お出かけになることもないでしょう。どんなに早くても、次は明晩。明晩まではまだ時がありますから、よい案も浮かびましょう。」

「そうかもしれないけど……。」

小桜は不服そうにそう言ってから、だれに言うともなくつぶやいた。

「だけど、御領内では、小さな罪も許さない藩主が、どうして江戸で辻斬りなんかするのかしら。」

だが、そうつぶやくと同時に、小桜は次郎兄が言っていたことを思い出した。

大根一本盗んだ人の首をはねるなんて、役人もいやだろうと小桜が言ったとき、次郎兄は、そんな役目の役人はいなくて、首切り役は藩主の須永右馬頭輝春自身がするらしいと言っていた。

小桜の背中に、ぞくっと冷たいものが走った。

そのようすに気づいたのだろう。一郎兄が言った。

「どうした、小桜。」

小桜は言った。

「このあいだ、次郎兄上とお城の屋敷にいった道すがら、次郎兄上が教えてくれたんだけど、鷹巣藩では、ささいな罪でも首をはねられるそうなの。」

「棄灰の刑ということか……。」

腕を組んでそう言った一郎兄に、小桜はうなずいた。

「次郎兄上も、棄灰の刑って言ってた。それで、首切り役人はいなくて、藩主が罪人の首をはねるんですって。それって……。」

今度は一郎兄がうなずいた。

「なるほど、そういうことか。右馬頭は人を斬るのが好きなのだな。刑を重くしているのは、人を斬る口実か。」

話がいやな方向にいきそうになったところで、横から佐久次が言った。

「惣領様。そろそろ火鉢に火を入れましょうか。師走に入りましたし。鍛錬で、忍びは寒さに強く、これくらいは寒いに入りませんが、商家の主人や番頭が平気な顔でいるのは妙です。」

「そうだな、佐久次。炭は買ってあるのか。」

「それはもう、とっくに。」

「では、あすから火鉢に火を入れよう。」

と言ってから、一郎兄は小桜に言った。

「あす、父上のところにつなぎにいったら、今夜のことをご報告もうしあげろ。父上によい案があるかもしれぬ。」

「わかりました。」

と小桜が答えたところで、佐久次が、

「では、わたしはこれで。」

と言って、立ちあがった。

佐久次が店から出ていってから、小桜がなんとなく一郎兄に言った。

「佐久次、今夜は早寝かしら。」

「佐久次がそんなに早く寝るものか。あいつはあいつで、用があるのだ。」

一郎兄はそう言って、手にしていた帳簿に目を落とした。

「用があるって、どこに？　もしかして、鷹巣藩の下屋敷？」

小桜の問いに、一郎兄はあいまいに答えた。

「そうだな。そうかもしれぬ。」

「じゃ、わたしももう一度。」

小桜が立ちあがると、その顔を見て、一郎兄が言った。

「もう出ていった。音はしなくとも、気配でわかる。今から追っても、追いつけまい。」

八段✿水野成之

次の日、朝餉のあと、座敷で一郎兄が言った。

「仁王の雷蔵にも、辻斬りの正体を知らせておくことにした。」

「わたしもそれがいいと思うけど、でも、兄上は須永右馬頭の辻斬りのことで、鷹巣藩をお取りつぶしにしようと考えているんでしょ。」

小桜がそう言うと、一郎兄は茶をひと口すすってから答えた。

「取りつぶしにするかどうかは、おれがきめることではない。将軍様が幕閣のかたがたとご相談なさって、おきめになることだ。」

「そうかもしれないけど、それだったら、町方とか奉行所が動かないほうが、こちらの仕事がしやすいってことはないかしら。」

小桜はそう言ったが、一郎兄はそれには答えず、
「雷蔵はこっちがただの薬種問屋ではないことに気づいているだろう、むこうの知ってい
ることは知らせてもらい、こっちが知ったことは知らせないというのではな。」
と言ってから、言葉をつづけた。
「町奉行所の役人や町方の者たちが毎夜、須永右馬頭を尾行し、辻斬りをしたところでと
らえるという手も、なくはない。おとりを使ってもいい。右馬頭がおとりに斬りかかった
とき、とりかこんでつかまえる。だが、これにはいくつかの難点がある。まず、第一に、
おとりの命があぶない。」
それはたしかにそうだ、と小桜は思った。
右馬頭は、小桜が投げたかんざしを刀ではらいおとしている。
小桜のかんざしは銀でできてはいるが、使い道は手裏剣だ。飛んでくる手裏剣をよける
でもなく、刀ではらいおとすなど、なみの腕前でできるものではない。小桜自身、刀を
持っていたとしても、とてもではないが、互角にわたりあえはしないだろう。
小桜の思いを読んだかのように、一郎兄が言った。

「右馬頭はかなりの使い手だ。右馬頭に斬りかかられたところをうまくかわすには、それなりの腕を持った者でなければならない。まあ、その役の者はなんとかするとしても、第二の難点は、右馬頭を尾行するだけではなく、大勢で遠巻きに右馬頭をとりかこみながら、移動せねばならぬということだ。そのようなことは、言うのはかんたんだが、やるとなったら、むずかしかろう。」

これもまた、認めねばならないだろう。

小桜はかすかにうなずいた。

「たしかにそうね。」

一郎兄は言葉をつづけた。

「それに、それがうまくいって、右馬頭をとらえることができても、右馬頭が、辻斬りなどしていないと、しらをきったら、どうするのだ。斬られたおとりの死体か、あるいは、大けがをしているすぐそばで、右馬頭をつかまえたとしても、たまたまそこを通りがかっただけだ、とそう答えたら？」

「おとりが死んじゃってたら、口はきけないけど、けがをしてるくらいなら、右馬頭に斬られたって、証言できるんじゃないかしら。いくら武士だって、辻斬りなんかしたら、罪はまぬかれないって、兄上、きのう、そうおっしゃったじゃない。」

一郎兄は、

「たしかにそう言った。襲われた者が生きていれば、証言はできるだろう。おれも、きのうはそう思った。」

と答えたが、そのあとすぐに、

「だが……。」

と言葉をつづけた。

「だが、その証言が幕閣に取りあげられるのは、証言する者の身分がそれ相応ならばだ。右馬頭は二万三千石の大名だ。まさか、大名や旗本を辻斬りのおとりには使えまい。下っぱの役人や町人の証言など、問題にならないだろう。それだけではない。」

一郎兄がそこまで言ったとき、小桜の口からため息まじりの言葉が出た。

「まだあるの？」

「ある。」

と断言してから、一郎兄がいった。

「夜中に辻斬りをするなどということは、むろん、だれであっても、してはならぬことだ。大名なら、なおさらしてはならない。」

「だから、そんな大名はつかまえて、将軍様がおられて、領地をお召しあげにしようってことでしょ。」

「そうだ。しかしな、将軍様がおられて、その下に大名がいて、その大名の家来がいて、その下に、町民やら百姓がいる、というのが世の中だ。そこらの武士ならともかく、人々の上に立つ、大名が辻斬りをするなど、あってはならないことなのだ。」

「そうよ。そのとおりよ。だから、つかまえるんでしょ。」

「いや……。」

と小さく首をふってから、一郎兄は言った。

「江戸城内で大名が刀を抜いて、だれかに斬りかかったのと、大名が夜、ひとりで町に出て、罪もない町民を斬ったのでは、まるでちがうということなのだ。きのう佐久次は、藩主が将軍様おひざもとの江戸府内で辻斬りをしたとあっては、鷹巣藩はお取りつぶしだろうと言っていた。」

「佐久次の言うとおりよ。わたしもそう思う。」

「うかつだったが、おれもそう思った。しかし、たとえ外様大名であっても、大名は将軍様の家臣だ。幕府としては、そういう者が辻斬りをしたなどということを認めるわけにはいかんだろう。」

「じゃあ、どうするの？　須永右馬頭が辻斬りをするのをほうっておくの？　そんなわけにはいかないでしょ。」

小桜がにらみつけるように一郎兄の目を見ると、一郎兄はいきなり話を変えた。

「ところで、小桜。おまえ、旗本の水野忠丘様をぞんじているか。」

「知らないけど、その旗本がどうかしたの？　その人も辻斬りとか？」

「いや、そうではない。水野家は長く御家断絶だったのだが、去年、再興となったのだ。なぜ、御家断絶になったかというと、まだおれが生まれるまえの、今から四十年以前、明暦のころに、水野忠丘様の兄、三千石の旗本、水野成之が幡随院長兵衛という町民を屋敷に呼び、湯殿でだまし討ちにして殺したのだが……。」

一郎兄がそこまで言ったとき、小桜は、ほら見たことかと、一郎兄の言葉をさえぎった。

「やっぱり！　いくら旗本でも、そういうことをすれば、お取りつぶしになるのよ。」

「まあ、話は最後まで聞け。そうではないのだ。水野成之が切腹、水野家が御家断絶になるのは、それから七年もあとの別の事件でなのだ。つまり、町民をだまし討ちにしたことでは、おとがめがなかったということだ。」

「それ、どういうこと？」

「町民を殺したくらいのことでは、旗本や大名が切腹や、お取りつぶしになることはないということだ。」

「そ、そんな……。」

小桜は絶句した。

ひと呼吸おいて、一郎兄が言った。

「これ以上、右馬頭に辻斬りをさせないだけなら、奉行所の役人でも、だれでもいい。右馬頭が夜、ひとりで外に出るたびに、あとをつけていき、辻斬りをしようとしたら邪魔をするという方法もある。いや、もっと楽な手もある。おそらく、右馬頭の家臣は、主人の右馬頭が辻斬りをしていることに気づいていない。夜、出歩いていることも知らないだろう。知っていれば、ひとりでいかせるわけがない。だいたい、昼だろうが夜だろうが、大名がひとりでそこいらを歩きまわってはならないのだ。大名は、となりの屋敷に出かけるときでも、駕籠を使わねばならないきまりだ。右馬頭がひとりで外に出るということは、家臣がだれもそれを知らないということだ。」

小桜はため息をついて言った。

「そんなことって、あるかしら。」

「あるから、右馬頭はひとりで、うろうろできるのだ。だとすれば、鷹巣藩の江戸家老に、右馬頭がなにをしているか知らせ、家老に右馬頭を見張らせるという手がある。家老にしたところで、右馬頭が辻斬りをつづければ、いずれはどうなるか、わかるはずだ。とにかく、参勤で江戸にいるあいだはおとなしくしてもらって、鷹巣藩に帰ってから、罪人でも斬ってもらうということだ。」

小桜はだんだん腹が立ってきた。

「それじゃあ、斬られた駕籠屋さんは浮かばれない。相模屋さんの番頭さんだって、大けがをしているのよ。それなのに、須永右馬頭はなんのおとがめも受けず、鷹巣藩も安泰だなんて。そんなのひどいじゃない!」

一郎兄はしかたがなかろうという顔をするだけだった。

小桜はさらに言いつのった。

「播州赤穂藩の浅野様のときは、お城で吉良様に斬りかかって、ご自身は切腹、お家は断絶だったのよ。しかも、吉良様はけがをしただけじゃない。お城でだれかにけがをさせた大名が切腹で、町で何度も人殺しをしているやつはおとがめなしなんて、そんなのひどい!」

縁側のしょうじごしに、すずめの声が聞こえた。

小桜がうつむいてくちびるをかみしめていると、一郎兄が言った。

「きのう、あれから佐久次は父上に会いにいったのだ。むろん、ことの顚末を父上に知らせ、ご指示をうかがうためだ。」

小桜は顔をあげた。

「そうしたら、父上はどう?」

「じつは、水野家のことも、父上から佐久次が聞いてきた話なのだ。おれは知らなかった。

水野家は何十年もたって、ようやく弟が旗本に返り咲いたということだ。父上は、町奉行所の耳に入るようにし、細工はそれまでにしておけとのおおせだ。」

「つまり、雷蔵親分に知らせて、あとはほうっておけということ？」

「そうだ。しかし、雷蔵に知らせ、それが町奉行の耳に入っても、町奉行の分際では、手も足も出せないだろう。それは、父上に言われるまでもなく、そのとおりだとおれも思う。町奉行所がなんとかできることは、下手人をとらえることまでだ。しかし、みすみすぐに、ときはなたねばならないどころか、あとでめんどうなことになることを承知で、町奉行がそんなことをするとは思えない。辻斬りをとらえたら、まちがえで大名だったとなってしまえば、ただではすまない。」

「そ、そんな……。」

と、小桜はまたくちびるをかんだ。

一郎兄は言った。

「自分が乗っていた駕篭の駕篭かきがふたり殺され、懇意にしている相模屋の番頭まで大けがをさせられ、おまえとしてはくやしかろうが、右馬頭が、子のないうちに死にでもしなければ、鷹巣藩はお取りつぶしにはできないということだ。理不尽かもしれぬが、世の中、こういうことはよくある。」

理不尽かもしれないではなくて、理不尽なのだ。

しかも、問題は鷹巣藩の取りつぶしではない。辻斬りの須永右馬頭に罰もあたえず、野ばなしにしていることだ。

小桜の口の中に、血の味が広がった。

かみしめた唇から血が流れたのだ。

小桜はふと気になり、きいてみた。

「それで、水野成之っていう、切腹した旗本だけど、その人はどういう罪で切腹になったの?」

「いろいろ問題を起こしたそうだが、それが理由ではないようだ。」

「じゃあ、なにが理由なの?」

「幕府の評定所に呼ばれたとき、月代も鬚もそらず、かみしもも着ないで、出かけたらしい。それがあまりにも不遜ということで、切腹の命がくだったということだ。大名や旗本の切腹には、それなりの作法がある。だが、成之はそれにもしたがわず、切腹のまえに、刀を自分のひざに刺して、切れ味をたしかめたというのだからな。」

そう言った一郎兄は、あきれるというより、感心したという顔をしている。

そんなところで、感心されても、小桜の怒りはしずまらない。

一郎兄になにか言いかえさなければと思っていると、一郎兄がまた話をかえた。

「そうだ。佐久次が言っていた。市川桜花は出ていないそうだが、今月の木挽町はなかなかいいそうだ。朝、店の客がはけたら、見てきたらどうだ。」

芝居好きの佐久次が木挽町と言えば、それは歌舞伎のことだ。木挽町には芝居小屋がある。

芝居くらいで、腹立ちはしずまらないだろうし、気晴らしなんかできはしまいと、小桜は思った。

「はい。わかりました。それじゃあ、あとで見てまいります。」

すてぜりふのように小桜はそう言って、立ちあがった。

九段 ✿ 女同士

木挽町の芝居小屋はひさしぶりだった。

仇討ものの芝居をひとつ、それから舞いをひとつ見たが、そんなにおもしろくはなかった。もちろん、芝居見物をするような気分でなかったことがいちばんだが、市川桜花が出ていないことも理由のひとつだ。

日がまだ高いうちに、小桜は芝居小屋を出た。

ふだんなら、芝居見物なら振袖を着ていくのだが、そんな華やかな気持ちになれず、ふだん着の絣の着物を着て、京橋につづく大通りを近江屋のほうに歩いていくと、うしろから声をかけられた。

「そこにいくのは、近江屋さんのお嬢さんじゃないかい？」

ふりむくと、市川桜花がこちらに歩いてくる。

女形が着るような着物ではなく、金持ちの商家の娘のようなかっこうをしている。

女の小桜から見ても、ため息が出るほど美しい。

桜花がすぐ近くまでくるのを待って、

「桜花さん。おひさしぶりです。」

と挨拶をしたところで、小桜は気づいた、というか、思い出した。

ため息が出るほどきれいでも、桜花は女形だ。つまり、男なのだ。

桜花は立ち止まると、小桜の気持ちを見すかしたように、口元にうっすらと笑いを浮かべ、ささやくような声で言った。

「男に見えないって、そう言いたいのかい。」

「え、まあ……。」

と言葉をにごすと、桜花は今度は声をあげて笑ってから、

「ほんとうは、女なのさ。」

と言い、びっくりしている小桜を見て、また笑った。

「冗談さ。」

「でも、桜花さん。ほんとうに女みたい。」

と言って、小桜はため息をついた。

道ゆく人が桜花を見ていく。

ぶしつけに、

「いい女だなあ……。」

などと言って、ため息をついていく男もあれば、

「見て、ほら。あれ、市川桜花よ。」

と、つれの者に言っている女もいる。

桜花は小桜に、

「お嬢さんも、あと何年かすれば、人がふりむくほどきれいになるさ。だけど、きょうはやけに機嫌が悪そうだね。」

と言って、歩きだした。

小桜はだまって、ならんで歩く。

二八

小桜がはじめて桜花に会ったのは、夜の紀伊国坂だった。そのときも、桜花は商家の娘のようなかっこうをしていた。

化け物が出るといううわさがあって、それなら退治してやろう、どうせ人がいたずらをしているにちがいないからと、小桜が紀伊国坂にいくと、目も鼻も口もないのっぺらぼうが出た。

のっぺらぼうなどいるはずはない。目鼻と口のない面をつけているにちがいないのだ。そんなものはこわくはない。

小桜が分銅のついた縄でいどみかかると、分銅はかんたんに手でつかまれてしまった。それだけではない。その瞬間、小桜の身体はしびれたようになって、身動きできなくなったのだ。

もちろんそのときは、あいてが市川桜花だと知らなかった。いたずらをして人々をおどかし、おもしろがっていたのが歌舞伎の女形だとわかったのは、あとのことだ。

それにしても、そのときに桜花が使った術は妖術としかいいようがない。

しびれ薬を使うなら、こっちの口になにか入れるなり、身体にさわるなりしなければ無理だ。桜花はそんなことはしなかった。ただ、小桜が投じた分銅をつかんだだけなのだ。毒が縄をつたわってきたとは思えない。

一郎兄は桜花のことを、狐や狸ではないかと言う。それも、冗談で言っているのではなく、真顔でそう言う。一郎兄がそう言うと、佐久次は、まさかと言って笑う。

いつか、小桜が風呂敷に入れて背負っていた稲荷寿司をひとつ、桜花が風呂敷にさわっただけで取りだしたこともあった。

小桜は、ほんとうは、

「桜花さん。あなたの正体はなんなのですか。」

とききたかったが、そんなことは言えない。そのかわり、

「しばらく、どこかにいかれてたのですか。」

ときいてみた。

歩きながら、桜花が答えた。

「いくら待っても、あいつらがまるで動かないから、しびれをきらしちまってね。江戸をはなれて、京にいったり、吉野に帰ったりしていたのさ。」

あいつらってだれだろう。それも気になったが、それより吉野という言葉が小桜の気を引いた。

吉野といえば桜の名所だ。

「吉野って、あの桜の……?」

小桜がそう言うと、桜花はうなずいた。

「そうさ。よく知ってるね。いったことあるのかい。」

小桜は首をふった。

「いいえ。」

じつは、小桜は江戸から出たことがない。

吉野の桜は有名だ。それで、市川桜花という名前にしているのか。

そう思って、小桜はきいてみた。

「吉野だから、桜花なのですか。」

「そうさ。」

「じゃあ、ほんとうの名まえは?」

「知りたいかい。」

「ええ。」

「だれにも言わなければ、教えてあげる。」

「言いません。」

「雅姫っていうのさ。優雅の雅っていう字。ふつうなら、まさ姫って読むところだけど、わたしはつね姫。」

「姫って、お姫様みたい。」

「そう。お姫様さ。吉野のね。」

言葉で聞くと、まるで冗談のようだが、顔を見ると、ふざけているようには見えない。

桜花はまっすぐ前をむいて歩きながら、

「お嬢さんが、ほんとうは薬問屋の娘じゃなくて、伊勢流の御庭役のくのいちだっていうことみたいに、わたしは、ほんとうは歌舞伎の女形なんかじゃなくて、女なのさ。」

と言ってから、のぞきこむように小桜の顔を見た。そして、

「番頭の佐久次さんがおっしゃるには、近江屋の旦那は、わたしのことを狐だと思ってる

んだってね。」

と言いたした。

　まさか、

「そうみたいです。」

とも言えず、

「兄はそんなふうに言っているだけです。」

と答えた。すると、桜花は真顔で言った。

「まんざらはずれじゃないんだよ。ただの狐じゃないけど。」

　ほんとうは女だとか、ただの狐じゃないとか、きっとふざけているのだろうけど、なんでそんなことを言うのだろうか……。

　小桜がそう思っていると、桜花がいきなり言った。

「お嬢さん。人を殺したいと思っているだろ。」

　殺したいとまで思っているかどうか、それは自分でもわからない。けれども、出羽鷹巣藩藩主、須永右馬頭輝春を許せないと思っていることは事実だ。

だが、許せないとすれば、どうするのだ……。

そこまで考えようとしなかっただけで、心の奥底では、右馬頭を殺そうと思っていたのかもしれない。

桜花が言った。

「知っていると思うけど、人の身体っていうのはね、だれかを殺そうと思うと、殺気がただよい出てしまうのさ。さっき、お嬢さんが歩いているのをうしろから見ていたら、肩から殺気が立ちのぼっていたよ。いったい、だれを殺したいんだい。」

小桜はそれには答えず、逆に、

「桜花さん。人を殺したこと、ありますか。」

ときいてみた。

桜花はすぐに答えた。

「あるさ。」

「だれを?」

「いろいろさ。」

「いろいろって、何人も？」

「ああ。」

「ほんとう？」

「ほんとうさ。それより、お嬢さんが殺したいあいては、辻斬りの下手人かい？」

「なんでそれを？」

と言いかけて、小桜は言葉をのみこんだ。

そんなふうに言ってしまえば、そうだと答えたのと同じだ。

だが、だまっているのも、そうだと答えたのと同じだった。

桜花が言った。

「やっぱりね。出羽のいなか侍か。およしよ、ばかばかしい。ほうっておけば、そのうちだれかに殺されるさ。」

「だれかって？」

「そりゃあ、わからないけど。」

「でも、どうして、辻斬りの下手人ってわかったんです？」

「だって、わたしだって、お嬢さんと同じで、相模屋に出入りしているんだよ。歌舞伎の衣装だって、あそこであつらえているからね。わたしもあの店の大得意様さ。それに、あそこは主人も大番頭も、大の芝居好きだからねえ。若い番頭がけがをしたわけくらい、教えてもらえるさ。主人も大番頭も、どうして近江屋のお嬢さんが辻斬りから逃げることができたのか不思議でしょうがないって、首をかしげていたよ。」

そう言ってから、桜花はひと呼吸おき、

「およしなさいな。須永って大名は、いなか者にはちがいないけど、腕が立つ。悪いけど、お嬢さんじゃ無理さ。番頭の佐久次さんだって、五回やったら一度は負けるんじゃないか。」

と言った。

佐久次が五回戦って、一度でも負けるくらいなら、とうてい小桜ではかなわない。

そんなことは、あの夜、斬られそうになったときから、わかっている。

だけど、やっぱり許せない！

歩きながら、小桜がうつむくと、桜花が話を変えた。

「ときに、お嬢さん。今月の十四日の夜だけど、ふさがってるかい？」

十四日といえば、十日ほどあとだ。

夜でも、きゅうのつなぎで、城の屋敷にいかねばならなくなるかもしれないが、それがなければ、身体はあいている。

「とくになにも……。」

と答えると、桜花が言った。

「そうか。十四日、それまで降っていた雪がやむ。やんだあとの雪景色の中で、ちょっとした芝居みたいなものがあるんだけど、見にいくかい。だけど、これは、だれにも内緒だよ。近江屋の旦那さんや番頭さんにだって話しちゃいけない。近江屋さんの薬じゃないほうの仕事には、かかわりがないから、だまっていても、かまわないさ。」

「芝居みたいなものって、どこで？」

「本所。」

「本所？」

「そう。本所。」

「その日、それまで降っていた雪がやむのですか。」

「ああ、やむ。」

「やまなかったら？」

「まあ、そんなことはないと思うけど、もし雪がやまなかったら、なにもおこらないと思っていい。」

と桜花が言ったとき、近江屋のほうにまがる角まできた。

桜花が立ちどまって、

「わたしが雅姫っていう狐だってことと、十四日のことは内緒だよ。いいかい、女同士の約束だからね。」

と言うと、そのまま日本橋のほうに歩いていってしまった。

人ごみに桜花の姿が消えたとき、小桜の口からひとりごとがもれた。

「女同士の約束って……。」

やっぱり、桜花は女なのだろうかと思った瞬間、小桜は桜花の言葉を思い出した。

桜花は、

「いくら待っても、あいつらがまるで動かないから、しびれをきらしちまってね。」

と言っていた。

あいつらって、だれだろう……。

十段 ✿ 稽古

近江屋にもどると、薬の行商人が三人きていて、佐久次とふたりの手代がそれぞれ客のあいてをしていた。

小桜が一郎兄に、

「ただいまもどりました。着替えて、すぐに手伝います。」

と声をかけると、一郎兄は、

「店はいいから。おまえ、つなぎにいってきてくれ。」

と言って、ふところから細い竹筒を出した。

竹筒には、ふつう書状が入っている。書状といっても、非常に重要なものであれば、佐久次か手代がいく。

どのような書状にせよ、書かれていることは、小桜が知らなくてもいいことだ。

「わかりました。では、すぐ。」

と言って、小桜は竹筒を帯にさすと、そのまま店を出た。

堀ばたに着くと、小桜は平川門から入り、小道をぬけて橘北家の屋敷にいく。

父の十郎左に挨拶をし、あずかった竹筒をわたす。

ひさしぶりに今夜は屋敷に泊まろうかと考えていると、母親がきて、新しい忍び装束が縫いあがっているから、着てみるようにと言った。小桜の部屋に置いてあるという。

ちょうど忍び装束が小さくなって、というより、身体が大きくなって、きゅうくつになりかけていた。

小桜は部屋にいって、新しい忍び装束を着てみた。

忍び装束には、黒と灰色がある。

忍びのおつとめは夜が多いから、たいていは黒を着ることになる。だが、昼間だと、黒はかえって目立つ。だから、昼のおつとめは、町人や武士のかっこうをすることになる。

しかし、町人や武士の服は、天井をはいずりまわったり、床下に忍びこんだりするのにむかない。動きにくいのだ。それで、昼間、忍び装束を着ねばならないときは、灰色のものにする。とはいえ、それを使うことはまれだ。げんに、小桜は灰色の忍び装束を二着持っていて、黒いものと同様、屋敷にひとつ、近江屋にひとつ置いてあるが、どちらも一度も使っていない。

今度も、黒がふたつ、灰色がふたつ用意されていた。だが、そのほかに、白い忍び装束が二着あった。それは雪の日のためのものだ。小桜は今までそれを持っていなかった。

小桜は一度、雪の日に三郎兄が白い忍び装束を着ていたのを見たことがある。

黒、灰色、白の三色の忍び装束のうち、小桜はまず目新しい白を着てみた。

部屋の鏡台の鏡にうつしてみて、なかなかおしゃれだと思った。

三色それぞれ二着、すべてを試着した。そして、最後に灰色の忍び装束を脱ごうとしていると、廊下で三郎兄の声がした。

「四郎。もどっているのか。」

三郎兄は小桜をけっして小桜と呼ばず、四郎と呼ぶ。そして、小桜が女言葉を使うのを好まない。だから、小桜は三郎兄と話すときはいつも男言葉だ。

「おう。」

と答えると、

「庭で稽古をしないか。」

という誘い。

三郎兄との稽古はかなりきつい。すぐにもどってくるように一郎兄に言われているから
とか言って、稽古をことわり、帰ってしまおうか……と、そう思ったとき、小桜の頭に考えが浮かんだ。そこで、

「すぐにいくから、庭で待っていてくれ。」

と言って、灰色の忍び装束のまま、縁側に出た。

縁側には、三郎兄が稽古に使う道具がならんでいる。その中から小桜は木刀を一本取った。

すでに、庭で、三郎兄が黒の忍び装束に木刀といういでたちで待っている。

縁側で手早くわらじをはいていると、三郎兄が言った。

「四郎。なんだか、きょうはばかに乗り気だな。」

わらじをはきおわると、庭におり、木刀をかまえながら、小桜は言った。

「兄上。きょうは、ためしてみたいことがあるのだ。」

「なんだ。」

「兄上の得意な技があるだろ。八双にかまえて、袈裟がけに斬りおろし、切っ先をあげて刀を突きだして、とどめを刺すという、あれだ。あれをやってみてほしいのだ。」

「おう。」

と答えた三郎兄の前に立つと、三郎兄は、

「いくぞ。」

と言って、八双にかまえた木刀を振りおろしてきた。

うしろにさがっては、踏みこまれて、切っ先を突きだされる。

左にかわせば、かわしたほうに、突いてくる。

だから、右にかわして、後ろ蹴りを入れる。

左右は逆だが、そこまでは須永右馬頭に襲われたときと同じ形だ。

小桜が後ろ蹴りを出したところで、さすがに三郎兄は身が軽い。ひょいと跳びのいた。

小桜の蹴りは空振りになった。

しくじった蹴りの足が地面に着く直前に、何かが首すじにさわった。

三郎兄の木刀だ。

「一本!」

と言って、三郎兄が木刀を引く。

八双にかまえなおして、三郎兄が言った。

「おまえ。なんのための木刀だ。まるで役立ってないではないか。おれが袈裟がけに斬りかかったら、身をかわさず、こっちのふところに跳びこんで、籠手を打ってこい。」

「引きながら、籠手を打つならできるかもしれないけど、跳びこんで籠手を打つには、こっちの木刀が長すぎて……。」

と言い訳がましく言ったところで、小桜ははっと気づいた。

長すぎるなら、短いものにすればいいのだ。

「ちょっと待っててくれ。」

と言って、縁側までいき、木刀を短いものに変えた。そして、ふたたび三郎兄の前に立っ

た。

「もう一度やってくれ。」

「よし！」

と答えて、さっきと同じように、三郎兄が斬りかかってくる。

小桜は身体は引かず、腰をひねって三郎兄の木刀の先をかわす。かわしながら、短い木刀で三郎兄の籠手を打つ。

手ごたえがあった。

あたるにはあたった。だが、あたるというよりは、かすめたというふうだった。

三郎兄に何度か同じことをやってもらったあと、今度は右八双ではなく、左八双で袈裟がけに打ちかかってもらった。

右利きの者が左の八双にかまえると、どうしても振りおろす速さが遅くなる。そのため、逆に小桜の籠手打ちがうまくいく。

手ごたえがつよくなる。むろん、あたったところで力をぬくから、三郎兄にけがをさせることはない。それでも、木刀があたれば、多少は痛いにちがいない。

何度かやったあと、三郎兄が言った。

「だいたいそんなふうでいいだろう。だが、なんでまた、こんな稽古をしようと思ったのだ。」

「いつかは兄上に勝とうと思って。」

と答えると、三郎兄は笑った。

「ははは。それはいい心がけだ。だが、おれがいつも八双にかまえるとはかぎらないだろう。それに、短い木刀で、いや刃のある小太刀であっても、籠手を打ち、うまくあたったとしても、あいてに深手はおわせられないぞ。」

たしかにそのとおりだ。刀でも木刀でも、先のほうと手に近いところでは、振りおろしたときの速さがちがう。小太刀を振りおろしても、小桜の力では、あいての骨までとどくかどうか……。

だが、この手でいけば、須永右馬頭に多少なりとも、けがをさせることはできる。

小桜にしてみれば、それで稽古を終わりにしたかったが、そうはいかなかった。

そのあと、日が暮れるまで、小桜は剣術やら縄術やら、手裏剣やらの稽古につきあわされ、夕餉のときには、へとへとになっていた。

その夜、小桜は屋敷に泊まった。

翌朝、屋敷の者が近江屋につなぎに出るとき、小桜はつなぎの者に言った。

「今夜もこちらに泊まるから、きょうは帰りませんと、近江屋の兄上につたえてくださ い。」

朝餉のあと、酒井左衛門尉がふらりとやってきて、城外に出るから、護衛をせよということで、三郎兄をつれていった。三郎兄は左衛門尉のお気に入りなのだ。

忍び装束とはまるでちがう、派手な小姓の着物に着がえると、三郎兄はうきうきと出ていった。

万事好都合だった。

「町にもどります。今夜はここにはもどりません。」

屋敷の者にそう言うと、小桜は黒の忍び装束だけ風呂敷につつみ、そこに手裏剣を一本しのばせると、町娘のかっこうで屋敷を出た。

平川門から外に出た小桜は、まず仁王の雷蔵のところにいき、辻斬りのことがどうなっているかたずねた。須永右馬頭が下手人だということは、雷蔵にも伝わっているはずだ。

「見張りはきっちりしていますがね。あの野郎。ここんとこずっと、屋敷から出てこねえんで。」

仁王の雷蔵はそう言った。

雷蔵の家を出たあと、小桜は町で遊んだ。

小遣いは十分に持ってきた。

昼に好物の鰻を食べた。

木挽町にいって、芝居を見た。

同じ出し物なのに、今度のほうがおもしろく感じた。

このあいだは、仇討ものひとつと舞いを見て外に出てしまったが、そのあとも見て、夕暮れ近くまで芝居見物をしていた。

日が暮れると、風が冷たくなってきた。

小桜は新橋近くまでいき、そのあたりの飯屋に入り、ゆっくりと夕餉をとった。

新橋をわたると、運河ぞいに、いくつか親藩の大名の下屋敷がある。

そこまでいけば、人通りはほとんどなくなる。

そういう大名屋敷のひとつを選び、小桜は物陰で忍び装束に着がえた。

覆面をふところにねじこみ、右足の脚絆に手裏剣をしのばせる。

着ていた町娘の着物は風呂敷につつみ、石をつめて、目の前の運河に捨てた。

刀がないので、踏み台に使うものはなかったが、塀の瓦屋根に手がとどけば、あとはなんとかよじのぼれる。

何度か跳躍をためして、ようやく瓦屋根に手がとどいた。

小桜はぐっとひじをまげ、瓦屋根によじのぼる。

塀の上にあがってしまえば、こっちのものだ。

小桜は庭をうかがい、人が見えないことを確かめると、すとんと庭に跳びおりた。

屋敷はひっそりとしていて、庭の灯篭には火が入っていない。当主が留守なのだろう。

それは都合がいい。当主が留守のとき、大名屋敷は警備がゆるい。

小桜は庭をつっきって、母屋の縁側の下から床下にもぐりこんだ。そして、夜がふけるまで、そこでじっとしていた。

十一段 ✿ 金縛り

夜がふけると、小桜はころを見はからい、床下からはいでて、庭から外に出た。

大名屋敷はたいてい、外の道より庭のほうの地面が高い。だから、内側からのほうが塀が低い。

小桜は難なく塀をこえて、外に出た。

あたりにはだれもいない。

小桜は小走りで須永右馬頭の下屋敷に走った。

刀がないので、さっきと同じ要領で塀の瓦に跳びついて、上にはいあがる。そして、あたりを見まわす。

ここからが賭けだった。

このあいだあったものが今夜なければ、帰るしかない。

塀の上を数歩すすむと、木のかげから灯篭が見えた。

火が入っている。

そして……。あった。

人の背丈ほどの太い杭が三本見えた。巻き藁だ。

巻き藁が出ているということは見込みがある。

右馬頭がそれを斬りに出てくるという見込みだ。

小桜は庭に跳びおりると、灯篭のそばの木のうしろに身をひそめた。

月が出ている。半月だ。

小桜は覆面をつけ、脚絆から手裏剣を出すと、刃を下向きにしてにぎり、じっと待った。

月がかたむいていく。

縁側のはじのほうで、コトリと音がした。

ズズッと雨戸のすべる音がつづく。

出てくる！

須永右馬頭が出てくる。
小桜の心の臓がドキリドキリと鳴る。
右馬頭が巻き藁のほうにむかって歩いている。
右の腰に刀をさしている。
小桜は木のかげから出ると、灯篭の前に立った。
明かりを背にして立つのは、忍法の、いや兵法の常道だ。
あいてはこちらの顔が見えず、こちらからはよく見える。
右馬頭がこちらをむいた。
「何者だ……。」
男としては高い声だ。
「須永右馬頭輝春だな……。」
覆面で、小桜の声がくぐもる。
くぐもっても、聞こえたはずだ。距離はそんなに遠くない。
あいてはだまっている。

小桜は言った。

「大名ともあろう者が辻斬りとは、恥を知れ。」

それでもあいてはだまっている。

小桜はさらに言った。

「おまえが辻斬りの下手人だということは、わかっている。いずれ幕府評定所から切腹の命がくだる……。」

それは、小桜のはったりだった。

つづけて、小桜は言った。

「それで、おまえはまちがいなく切腹だ。」

それもまた、小桜のはったりだった。

旗本水野成之のこともある。切腹になるとはかぎらないどころか、これ以上、右馬頭が辻斬りをくりかえさなければ、辻斬りのことはうやむやになってしまうだろう。

小桜は言った。

「辻斬りの下手人として切腹する不名誉にたえられなければ、今ここで、いさぎよく腹を切れ。」

あいてが、

「はい、そうですか。では、そういたしましょう。」

と言うとは思えない。

案の定、右馬頭の口から出た言葉はちがっていた。

右馬頭は刀の柄に左手をやると、

「切腹だと？　なにをばかな……。」

とつぶやいた。

小桜はゆっくりと、摺り足で右馬頭に近づいていく。

右馬頭が刀をあげ、八双にかまえた。

たぶん、一度しか機会はない。

だが、うまくいけば、右馬頭は一生、利き腕で刀を持てなくなる。

そうすれば、もう辻斬りはできない。

右馬頭の刀の切っ先が動いた。

無言で、右馬頭が刀を振りおろしてくる。

間髪をいれず、小桜は身体をひねり、刀の切っ先をかわしながら、右手に持った手裏剣をあいての左手の甲めがけて振りおろした。

だが、手裏剣を振りおろしたとき、そこに右馬頭の手の甲はなかった。

速かった。あまりに速かった。右利きの三郎兄が左八双でかまえて、振りおろすのとは段ちがいの速さだった。

小桜の手裏剣は右馬頭の手にかすりもしなかった。

しかし、そのまま刀を突きあげてくるには、ふたりの距離は近すぎた。

右馬頭はとっさに半歩しりぞいた。しりぞきながら、刀を振りあげ、

「とうりゃっ！」

と気合いを入れて、右馬頭が上段からまっすぐに斬りおろしてきた。

小桜は身体をのけぞらせたが、まにあわない。

刀の刃が額にふれたのがわかった。

だが、そこで刀が止まった。

右馬頭が刀を止めたのか……。
振りおろされた刀のむこうに、右馬頭の顔が見える。
かっと目を見開き、すさまじい形相をしている。
小桜は右馬頭の目を見かえした。
右馬頭は表情を変えない。
ゆっくりと、小桜はあとずさった。
一歩、二歩、三歩と摺り足でさがる。
右馬頭は動かない。
今まで小桜の頭があった空中に、刀は止まったままだ。
小桜のうしろで声がした。
「いなか大名。その子を本気で斬ろうとしたね。」
いつのまにか、そこに市川桜花が立っている。
きのうとはちがい、黒い着物に、羽織も黒い。帯も黒い。
黒一色の中で、襦袢の襟だけが光るように白い。

桜花は小桜の横にくると、

「こんなこったろうと思ったよ。きのうくるかと待っていたら、なにか野暮用でも入ったのかい。それとも、ひと晩考えて、やっぱりこいつを殺すことにしたのかい。まあ、あんたのことだから、深くは考えなかったのだろうねえ。だけど、あぶないこった。」

と言った。

小桜は桜花をちらりと見てから、右馬頭を見た。

あいかわらず、右馬頭は動かない。

小桜は、桜花に最初に会ったときのことを思い出した。

右馬頭は桜花に、金縛りにされてしまったのだ。

右馬頭を見ている小桜に、桜花が言った。

「どうする？　今なら、この男のどこでも、その手裏剣で刺しほうだいさ。左手の甲をねらってたんだろ。じゃあ、そうなさいな。一度でたりなければ、何度でもね。そうしたら、そいつの左手は、茶碗もにぎれなくなるさ。ついでに、右手もやってやったらどうだろうか。ああ、それより、のどを突いてみるかい。そうすれば、茶碗どころか、もうなにも持てない。そのまま三途の川をわたるしかなくなるねえ。」

小桜はまず手にした手裏剣を見た。次に右馬頭に目をやった。

いくら辻斬りの下手人でも、金縛りにあっている者に手裏剣を刺すのは……。

小桜は躊躇した。

桜花が言った。

「まあ、やめておいたほうがいいねえ。やっても、後味が悪かろうよ。」

「だけど……。」

小桜がつぶやくと、桜花はあたりまえのように言った。

「あんたがやらなくても、こいつは切腹なんだよ。そう決まったんだ。」

「え？　評定所で決まったの？」

と問うた小桜に、桜花は首をふった。

「ちがうよ。将軍やら幕閣やらが決めたんじゃない。わたしがそう決めたのさ。わたしは
お嬢さんがかわいいのさ。かわいい子を二度も殺そうとしたんじゃあねえ。」

桜花が決めたって、そんなことに右馬頭がしたがうはずがない……、と、小桜がそう

思ったとき、右馬頭が動いた。

右馬頭は振りあげていた刀をおろし、その場にあぐらをかいた。そして、懐紙をふところから出すと、それを刀にまいた。まいた懐紙の上から、右馬頭は両手で刀を持つ……。

「あっ……。」

小桜が声をあげたとき、右馬頭は前のめりに、地面につっぷした。

切腹したのだ。

桜花が言った。

「さ、これでいいだろ。もうお帰り。いくら悪人でも、このままじゃあ、かわいそうだ。わたしはこいつにとどめを刺してから帰るよ。そんなところは、見たくないだろ。わたしも見せたくない。だから、もうお帰り。」

桜花の言葉には有無を言わせない力があった。

「はい……。」

小桜はそう答えると、二歩、三歩とあとずさり、あとは駆け足で塀までいくと、塀を跳びこえるようにして、外に出た。

自然に足が近江屋(おうみや)にむいた。

気がつくと、まだ手に手裏剣(しゅりけん)をにぎっている。

小桜(こざくら)はしゃがんで、それを脚絆(きゃはん)にもどした。

立ちあがって、また歩く。

歩きながら、考える。

でも、いくら考えても、どうしてあそこで右馬頭(うまのかみ)がいきなり切腹(せっぷく)したのか、まったくわからなかった。

十二段✿明暗

小桜が近江屋にもどったのは深夜だった。

裏から庭に入ると、半守が勝手口の前にすわっていた。

その半守に、

「ただいま。」

と声をかけ、勝手口の木戸を開けようとすると、声が聞こえた。

「血のにおいがするぞ……。」

近くには半守しかいない。

開けた木戸から中をのぞいたが、廊下にひとつ、明かりがともされているだけで、人の姿はない。

また、しゃべった……、と思ったが、小桜はそれ以上考えないようにした。考えはしないが、心の奥底で、犬がしゃべることだってある、狐が人に化けていることだってあるんだから、と思っていたのかもしれない。

店をのぞくと、やはり、明かりがひとつともっていたが、だれもいない。

夜中に明かりをつけておくのは、広い江戸の商家の中でも、近江屋くらいのものだろう。たとえば、日本橋の呉服屋なら、どんな大店でも、夜中に人がきたり、出ていったりはしない。だが、近江屋は深夜によく人が出入りする。けが人が帰ってくることもある。

店にだれもいないことをたしかめて、小桜が二階にあがろうとすると、奥から手代がひとり、寝巻姿で顔を出した。

「おかえりなさいませ。」

と言った手代に、小桜はたずねた。

「兄上は、もうおやすみになった?」

「いいえ。今夜はおつとめで。」

「どこ?」

ときいても、答えないことはわかっている。逆に手代が小桜に、どこにいってきたのかきくこともない。それがしきたりだ。

「佐久次は？」

小桜の問いに、手代は、

「小頭も、惣領様とごいっしょに。」

と、それには答え、

「それではおやすみなさいませ。」

と言って、奥にもどっていった。

一郎兄と佐久次がどこにいったのか、小桜には考える余裕はなかった。

あれから外で気をまぎらわせてはきたが、それでも、人が切腹するところを見たのだ。切腹を見たのははじめてではないが、それでも、目の前で切腹されれば、心の衝撃は大きい。

一郎兄と佐久次が留守だったのは、運がよかった。もし、いたら、小桜の動揺を見すかされただろう。

小桜は二階の自分の部屋にいき、寝巻に着がえて寝た。

一度も目をさまさずに朝になり、店におりていくと、帳場で一郎兄と佐久次がすわって、話をしていた。

「おはようございます、兄上。」

と声をかけると、一郎兄は、

「ああ、おはよう。きのうは屋敷かと思ったら、帰ってきたようだな。」

と言っただけで、また佐久次と話をしだした。

その佐久次はといえば、小桜をちらりと見て、すわったまま会釈をすると、あとは小さくうなずきながら、一郎兄の話を聞いている。

それから何日ものあいだ、近江屋ではとりわけ変わったこともなく、江戸は寒い日がつづいた。

ときどき、雪がちらほらと降る日もあったが、つもるほどではなかった。

商家の瓦屋根がうっすらと白くなったり、松の緑の葉がいくらか白くなるくらいでは、雪景色とは言わない。

ところが、十三日、江戸は大雪になった。

そして、十四日の明け方、小桜が庭に出てみると、雪はやんでおり、あたりは白一色の雪景色だった。

朝餉はたいてい一郎兄とふたりで取る。となりの釜屋にいくこともあるが、釜屋から朝餉が運ばれてくることのほうが多い。

その朝も、縁側のある座敷でだった。

すでに雨戸は開かれており、縁側のしょうじがいくらか開いていて、庭が見える。

火鉢に火が入っていても、しょうじが開いていれば、はく息が白くなる。

朝餉が終わり、小桜が膳をかたづけようとすると、それまでだまっていた一郎兄が言った。

「今夜、おつとめがある。」

「はい。」

とだけ答え、それ以上はきかない。

一郎兄が言った。

「おれと佐久次は上杉の上屋敷にいく。念のため、ほかのふたりは下屋敷にいかせる。出羽米沢藩、上杉綱憲だ。半守もつなぎにつれていく。」

そのあと、

「おまえは店にいろ。そうでないと、店にだれもいなくなる。」

と言われるのだろう。

小桜はそう思った。そう言われたら、こんなに好都合なことはない。自由に出かけられる。

だが、意外にも、一郎兄はそうは言わなかった。

「おまえは、夜がふけたら、本所の吉良邸にいけ。いって、起こることの一部始終を見てまいれ。」

一郎兄は小桜の目を見て、そう言ったのだ。

十四日の夜、本所……。市川桜花が言っていたのと同じ日の同じ場所だ。

一郎兄は言葉をつづけた。

「ただし、なにが起こっても、手出しはならない。よその忍びに出会っても、なにもしてはならぬ。もし、しかけられたら、逃げてまいれ。」

一郎兄の言葉の調子がいつもと少しちがう。いつものような甘さがない。

「吉良邸の北と東は武家屋敷、南は町屋になっている。西には寺がふたつある。そのうちの回向院の住職に話がつけてある。回向院の本堂にいて、騒ぎがはじまったら、塀の上から、吉良邸のようすを見ていること、それがおまえのおつとめだ。深夜、播州赤穂、浅野の浪人たちが吉良邸に討ち入る。」

ああ、そういうことか……、とそのときになって、やっとわかった。

うわさではよく耳にしていた。

いつか、浅野内匠頭の遺臣が吉良上野介を襲うと……。

そういえば、市川桜花が、いくら待っても、あいつらがまるで動かないから、しびれをきらして、江戸をはなれていたと言っていた。

あいつらとはだれのことかと思ったけれど、あのときは、吉野の桜に気持ちを引かれ、うっかり忘れていたのだ。

あいつらというのは、浅野家の遺臣のことだったのだ。

小桜の頭の中で話がつながった。

市川桜花も一郎兄も、今夜、浅野の遺臣が吉良邸を襲うことを知っているのだ。それも、きのうやきょうに知ったわけではないだろう。

江戸に帰ってきていた桜花に会ってから、十日ほどたつだろうか。あのときにはもう、桜花は知っていたことになる。

一郎兄は答えないかもしれないと思いながら、小桜はきいてみた。

「どうして、きょうだって、兄上はごぞんじなの？」

一郎兄は腕を組み、ふうっと息をはいてから言った。

「小桜。すべては酒井左衛門尉様のお考えなのだ。浅野内匠頭に薬を飲ませ、江戸城中で吉良上野介に斬りかかるようにしむけたことは知っているな？」

知るも知らぬも、そのとき、浅野内匠頭の屋敷の庭で見張りをしていたのは小桜自身なのだ。

「はい。」

と答えると、一郎兄はつづけて言った。

「今夜の討ち入りはかならず成功する。なぜなら、酒井様が仕組んだことだからだ。本当の目的は上杉つぶしだ。今夜、浅野の遺臣が吉良邸を襲う時刻に、上杉綱憲に急を知らせる使いがいく。綱憲は上野介の実子だ。十中八九、みずから兵をひきい、父親を救いに吉良邸にかけつけるだろう。そうなれば、将軍御膝元で合戦をしたということになり、綱憲は切腹。出羽米沢十五万石は幕府のものになる。赤穂の五万石、吉良の五千石も入れると、合わせて二十万五千石だ。」

小桜はだまって、話を聞いた。

いいとか悪いとか、きれいとかきたないとか、そういうことは問題ではない。自分たちは将軍の御庭役なのだ。そうはいっても、やっぱり……、と胸になにかがつかえたような気持ちになって、小桜がうつむくと、一郎兄が話を変えた。

「そういえば、小桜。」

「なんでしょう。」

顔をあげた小桜に、一郎兄が言った。

「ほら、辻斬りの須永右馬頭が乱心し、みずから命を絶ったそうだ。右馬頭には実子も養子もいない。跡取りがいない。出羽鷹巣藩二万三千石はお召しあげときまった。」

「そうでしたか……。」

とだけ言って、小桜はしょうじのすきまから庭を見た。

小桜はふと思いついて、言った。

「兄上。相模屋さんに注文しておいたお正月の晴れ着、いつできてくるのかしら。あと半月でお正月よ。」

「おお、それそれ。」

と言って、一郎兄が手でひざを打った。

「すっかり忘れていた。きのう相模屋から使いがきて、振袖はもうできあがっているのだが、帯がおくれており、それでもあと二、三日であがってこようから、もうしばらく待ってくれと、あやまっていた。それから、けがをした若い番頭は、もう歩けるようになっているそうだ。」

「それはよかった……。」

とつぶやいたのは、番頭の傷がよくなっていることだけでない。

あと数日で着物と帯がとどく……。

今夜事件が起こるというのに、小桜は気持ちがはずんできた。

小桜の心は暗くなったり、明るくなったり。

そういえば、きのうは雪で、月は出ていなかった。

あすは十五日。満月だ。

師走の夜も、暗くなったり、明るくなったり……。

十三段 ✿ 討ち入り

回向院の本堂には、小桜のほか、だれもいない。

本尊の阿弥陀如来像の両側に燭台があるほか、明かりはない。

「御住職に挨拶はいらない。本堂にまっすぐいけ。戸は開いているはずだ。」

と一郎兄に言われてきた。

城の屋敷からとどいていた白の忍び装束を身に着け、日が暮れ、通りに人通りがなくなってから近江屋を出た。

白の忍び装束には、獣の革が縫いこまれていて、寒さをふせげる。

回向院の本堂に入ってみれば、阿弥陀如来像の近くに膳が用意され、その前に座布団までしかれている。しかも、その横には火鉢と小さな炭桶までも。

これでは、おつとめにきたというより、お客にきたようだ。

とはいえ、もてなす者はいない。

小桜は、阿弥陀如来を背にしてすわるように、座布団と膳の位置を変え、自分の右側になるように、火鉢を置きなおした。

明かりを背にして位置を取るのは忍びの常道だ。

火鉢を右にしたのは、いざというとき、火鉢の灰を目くらましに使えるからだ。左手よりも右手のほうが、つかんだ灰を投げやすい。

すっかり準備をととのえると、小桜は刀を腰から抜いて、左に置いた。

武士の礼法では、刀は右に置く。右に置けば、刀を抜くとき、いったん右手から左手に鞘を持ちかえねばならない。わざと抜きにくくして、害意がないことをあいてにしめすためだ。

だが、忍びはちがう。兵法が礼法に優先する。

座布団にすわって、膳から箸をとり、小鉢の煮物を食べてみると、すでに冷たくはなっていたが、おいしかった。

一汁一菜の食事を終えると、あとはやることがない。

忍者の稽古にはいろいろあるが、その中で小桜が好きなのは手裏剣術と縄術だ。

今夜も手裏剣は数本、脚絆にしのばせてあるし、縄も腰にさげてきた。

次に好きなのは体術。これは走ったり、跳んだり、はねたり、とんぼをきったり、越後獅子がするようなことの稽古だ。つぎに剣術。いちばんきらいなのは待術といって、これは小桜に言わせれば、術でもなんでもない。じっとして待つだけだからだ。だが、小桜はこれが苦手だった。

一か所にとどまって、ずっと待つのが待術だ。

用意されていた夕餉を食べてしまうと、あとはなにもすることがない。

待術の出番ということになるだろう。

橘北家の忍法、伊勢流では、人が亡くなったときと法事のとき以外、神仏を拝んではいけないことになっている。

死後のことは神仏にたよるしかないかもしれぬが、生きているときは、自分にたよれ、ということらしい。

だから、阿弥陀如来像に手を合わせ、
「南無阿弥陀仏。」
と念仏をとなえて、時をすごすこともできない。

することといえば、音をたてないようにして本堂を歩きまわるか、ときどき、庭に出て、吉良邸のようすをさぐることくらいだ。

夜がふけていく。

何度か炭桶から炭をとり、火鉢にたした。

ときどき、うとうとと眠くなる。

外はしずまりかえっていて、なにも起こりそうにない。

これでは、なにもないままに、夜が明けてしまうのではないだろうか……。

小桜がそんなふうに思いはじめたとき、突然、音もなく、男が目の前にあらわれた。

とっさに小桜は左手で刀の鞘を持ち、柄に右手をかけたが、遅かった。

男はすっと刀を抜き、切っ先を小桜の目の前に突きだした。

すわったまま見あげると、男が身につけている黒の小袖は、襟と袖だけが白い。肩から

白いたすきをかけており、そこには、小桜から見て右に〈播州赤穂浪士〉、左に〈寺坂吉右衛門〉と書かれている。鉢金のついた鉢巻を頭にまいている。

男の動きは忍びの動きだ。だが、忍びは、鉢金入りの鉢巻はしても、たすきに自分の名を書いたりはしない。

小桜は右手で刀の柄を持ったまま、男の顔をじっと見た。

知っている顔ではない。

男の口が動いた。

「おまえの兄に、邪魔はするなと言っておけ、と言っただろうが。」

その声は伊勢流の忍者、海風ではないか。

よく見れば、眉は細く切りそろえてあるが、目のするどさはかくせない。

小桜はなにも答えない。

海風が刀をおろし、鞘におさめ、

「しかし、北家の一郎も、本気で邪魔をする気ではないようだな。」

とつぶやいてから、言った。

「本気で邪魔をするなら、ここにきているのがおまえだけのはずはない。おおかた、おまえにようすを見にこさせただけだろう。それなら、芝居見物のつもりで、見ていけばいい。だが、妙な気を起こして、どちらかに加勢しようなどとは思うな。それも、赤穂方ならよいが、吉良方につけば、命はないぞ。」

敵と対峙したとき、口をきいてはいけない。それがきまりだ。だが、どうやら海風は敵としてそこにあらわれたようではない。

小桜は暗い天井にちらりと目をやってから言った。

「天井にいたのか？」

「そうだ。おまえはいつも不用心だな。」

と言ってから、海風はふっと笑った。そして、言った。

「少なすぎる用心と多すぎる度胸は、命取りのもとだ。」

「そんなこと、おまえに言われるいわれはない。」

小桜はそう言ってから、どうせ口をきいたのなら、ききたいことをきいてやれと思った。

「たすきに書かれている寺坂吉右衛門とはだれだ。」

「赤穂の足軽だ。武士ではない。本物はそば屋の押し入れで、さるぐつわをされ、縛られて、寝っころがっている。」

「おまえが、身代わりになっているのか。」

「身代わりというわけではないが、まあ、そういうことだ。こうして、顔も寺坂吉右衛門に似せてある。造顔の術といってな、明るいところで見れば、本物でないことは気づかれてしまうが、夜ならじゅうぶん本物に見える。」

と答えてから、海風は作り声で言った。

「これが、寺坂吉右衛門の声さ。顔を作るより、声のほうがむずかしい。いずれも、おまえたち橘北家の伊勢流にはない。御庭役のような、どろぼう稼業の忍びには、いらぬ術だ。」

どろぼう稼業という言葉にはむっとしたが、御庭役は盗みもするというのは事実だ。

海風が言った。

「いずれまた、会うこともあるだろう。そのとき、造顔の術など、教えてやってもいい。」

その言葉が終わると同時に、海風が一瞬、腰をさげた。

つぎの瞬間には、そこに海風はいなかった。

天井から声がした。

「さらばだ、四郎小桜。まもなく芝居がはじまる。桟敷席に移るがいい。」

天井を見あげても、気配すらしない。

なんという早業だろう。

と、そのときだった。

小桜はこのまえ海風が言った言葉をよく思い出してみた。

「ある武士の私事で、ひとつ、おつとめをすることになった。外様大名ではない。そもそも大名ですらない。だから、おまえたち橘北家の者たちには、かかわりがない。あくまで武士の私事であり、幕府あいてにどうこうということではない。だから、邪魔はするな、と、おまえの兄に言っておけ。用はそれだけだ。」

海風はそう言っていたのだ。

それから、ついいましがた、海風は、

「妙な気を起こして、どちらかに加勢しようなどとは思うな。それも、赤穂方ならよいが、吉良方につけば、命はないぞ。」

と言った。

おそらく、いや、十中八九、海風は浅野の遺臣にやとわれたのだ。

どれだけの数の武士が吉良邸にいて、そこを何人の浅野の遺臣たちが襲うのか、小桜は知らない。

城攻めでは、三倍の数がいるということを聞いたことがある。

屋敷は城ではないにせよ、それ相応の人数は必要だ。浅野内匠頭は五万石の大名だった。足軽をふくめなくとも、二百や三百の家来はいたはずだ。だが、そのうちのどれだけが、命がけで主人の恨みをはらそうとするか、それはわからない。おそらく、半分か、そのまた半分がいいところではなかろうか。

屋敷のようすをさぐったり、そのほか、忍びには使い道がいくらでもあるし、いざ戦いになれば、海風ひとりで、何人分もの働きをするだろう。

小桜がそんなことを考えていると、大勢が雪を踏んで、走ってくるらしい音がかすかに聞こえた。

小桜は庭に出て回向院の塀にあがった。

道をはさんだむこうが吉良邸だ。目の前に吉良邸の裏門が見える。

足音はしだいに大きくなってきた。

月明かりの下、南にひろがる町屋につづく道を見ると、海風と同じようなかっこうをしている男たちが走ってくるのが見えた。みな、あたまに鉢巻をしている。

海風が桟敷席と言ったのは、吉良邸の塀の上のことだろう。

小桜は吉良邸の塀に跳びうつった。

表門のほうでも騒ぎが起こっている。

そちらにむかって、塀の上を身をかがめて走る。

二度かどをまがり、目と鼻のさきに表門が見えるところまできたとき、外から塀にはしごがかかった。

討ち入りだ。

小桜は塀の上に、はいつくばる。

つもった雪は白く、忍び装束は白い。

そこにだれかいると思って見なければ、だれも気づかないだろう。

案の定、男がひとり、小桜のほうに目をやりもせず、はしごをのぼって、すとんと庭におりた。つづいて、もうひとり。

しっかりした武家屋敷の塀というのは、長屋塀といって、人が住めるようになっている。吉良邸もそうだ。そこから、門番が跳び出してきたが、たちまち侵入してきた者たちに斬りふせられた。

内側から門が開けられ、同じ装束の男たちがどっとなだれこんできた。

裏門でも鬨の声があがった。

妙なことに、

「火事だ、火事だーっ!」

と声をあげている者がいる。

火事と聞けば、守る側が逃げると思ったのかもしれない。

庭になだれこんだ男たちは母屋の雨戸をぶちやぶって、次から次に中に跳びこんでいく。

庭に出てくる守り手の武士もいる。その人数もふえ、庭は斬り合い、突き合いの殺し合いになっている。

　ここばかりにいてもしかたがない。ほかの場所からもと思って、小桜が起きあがり、中腰になったところで、だれかに背中を軽くたたかれた。

　ふりむくと、白い着物を着た市川桜花が立っていた。

「およしよ。あいつら、どっちも殺気だっているから、あぶないよ。ここから見物していればいいじゃないか。夜が明けるころには決着がついている。」

　桜花はそう言うと、身をかがめて言葉をつづけた。

「お嬢さんも知っているとおり、これは将軍や幕閣がしこんだことでもあり、浅野のほうじゃあ、忍びまでやとって、なにがなんでも上野介の首をはねる気だ。武士など、口ではきれいごとを言っていても、いざとなりゃあ、忍びでもなんでも、使えるものはどんなものでも使うさ。」

「桜花さんはどうする気？」

　小桜の問いに、桜花は口元にうっすらと笑いを浮かべ、

「さあ、どうするかねえ。狐は酔狂だからねえ。年寄がなぶり殺しにされるのをただ見て

いるわけにもいかないねえ。」

と答え、庭に跳びおりた。だが、桜花の姿が見えたのはそこまでで、雪の上に足跡も残さず、桜花は消えた。

ここから見物していればいいと桜花に言われたが、それから小桜は塀の上をあちこち移ったり、庭におりたりしながら、目立たぬように戦いを見つづけた。

母屋に入り、火がついたまま土間に落ちていた蠟燭を拾うと、小桜は廊下づたいに、あちこち座敷を見てまわった。

廊下にも、座敷にも、寝巻姿の男たちがころがっていた。生きている者もあれば、ことされている者もいた。

「さがせ！　なんとしても、さがしだすのだ！」

「いたか？」

「いない！」

「さがせ！」

と、声が聞こえてくる。

浅野の遺臣たちが上野介をさがしているのだ。

どこかで笛が鳴った。

小桜は耳をすませた。

もう一度鳴った。

外からだ。

小桜は縁側から庭に跳び出た。

また笛が鳴った。つづいて、どなり声。

「いたぞ！」

「見つけた！」

「どこだ。」

「炭小屋だ！」

炭小屋といえば、たいていは母屋の裏だ。

母屋をぐるりとまわるのはもどかしい。

小桜は近くの松の木によじのぼると、母屋の屋根に跳びうつった。凍った雪はすべる。

はって屋根の斜面をあがり、上までのぼって、身体をのりだすと、母屋の裏が見えた。

白い着物を着た男がひざまずいている。そのまわりを浅野の遺臣たちがとりかこんでいる。

門番らしい男がしばられて、つれてこられた。

ほかの者は鉢巻をしていたが、遺臣の中の頭らしく、飾りのない兜をかぶった男が門番に言った。

「この者は吉良上野介殿だな。」

門番がうなずいたのが、屋根の上からでもわかった。

遺臣の頭らしい男が近くの男に言った。

「縄をといて、はなしてやれ。」

言われた男が言った。

「ですが、はなせば、上杉にかけこむでしょう。」

「すでに、逃げた者は何人かはいよう。急を知った上杉勢がかけつければ、ここで一戦まじえるだけのことだ。」

門番は縄をとかれ、走って逃げた。

そうだ。上杉だ。上杉の屋敷には、一郎兄がいっている。

ここで、上杉勢が押し寄せてこなければ、酒井左衛門尉様のくわだては半分も成就しない、と小桜は思った。

小桜は逃げた門番を目で追った。

門番は裏口から出て右にまがり、回向院の角を左にいったところで、見えなくなった。

小桜が逃げる門番に気をとられていると、寝巻の老人をとりかこんでいた人の輪が数歩ひろがったのが視界に入った。

そちらを見ると、ひとりの男が進みでて、老人のうしろにまわり、刀を振りあげた。

血しぶきがあがり、老人の首が前に落ちた。

鬨の声があがった。

「えい、えい、おーっ！」

小桜の横で声がした。

「上杉はこない。引きあげるぞ。」

それは一郎兄の声だった。

小桜が顔を見ると、一郎兄が言った。

「今、中を見てきた。上野介の孫、義周も討たれて、死んでいる。これで吉良家の跡継ぎはいなくなった。浅野様も断絶、吉良様も断絶。喧嘩両成敗ということになったな。」

跋

正月三日。

小桜はきのうまで城の屋敷にいた。

けさ、近江屋にもどってきたのだ。

これで、ようやく正月の晴れ着を着られる。

城の屋敷で振袖など着ていようものなら、三郎兄がうるさい。

そのくせ、自分は小姓の衣装をたくさん持っている。どれもみな、酒井左衛門尉から下賜されたものだ。

小桜は近江屋の二階で、紫に紅白の小梅を散らした振袖を着て、次郎兄にもらった紅玉のかんざしを髪にさした。

仁王の雷蔵からもらったかんざしもよかったが、やっぱり紅玉のかんざしのほうが派手で正月らしい。

下の座敷からは二階まで、一郎兄たちの華やいだ声が聞こえてくる。

十二月十五日の明け方、小桜は一郎兄といっしょに近江屋にもどってきたが、その道すがら、小桜が見たことをすべて話すと、一郎兄は上杉屋敷でのしくじりを小桜に語った。

「孝行者の上杉綱憲は、吉良邸が襲われればすぐに、家臣を引きつれ、かけつけるにちがいなかった。われらとしては、吉良邸か、もっとうまくいけば町の中で、上杉勢と浅野の遺臣たちが戦ってほしかった。大川にかかるいくつかの橋に見張りを立たせ、浅野の遺臣たちが橋にあらわれたらすぐ、吉良様の御家来のふりをした者が上杉に知らせにいく手はずだった。知らせはきた。だが、無駄だった。おれたちが上杉の屋敷に着いたときからずっと、上杉綱憲は寝所でふせっていたのだ。おれと佐久次は天井裏にひそんでいた。寝所からだれもいなくなったとき、佐久次が座敷におりて、綱憲を起こそうとしてみたがだめだった。薬で眠らされていたのだ。薬をもられたのは、おれたちがいくまえだろう。佐久次は綱憲の口に鼻をあて、それからおれのほうを見あげ、首をふった。天井にもどってきた佐久次が言うには、虎眠散のにおいがしたそうだ。そうこうするうちに、急をつげる知らせが入った。今度は上杉の家臣が綱憲を起こそうとしたが、綱憲は目をさまさなかった。眠っている者には親孝行はできぬ。」

虎眠散というのは、南蛮渡来の眠り薬だ。ふつうの薬種問屋には置いていない。においが茶に似ているので、茶にまぜて飲ますと、飲まされた者は気づかない。だが、茶のにおいはすぐに消えるが、虎眠散のにおいはしばらく残る。飲めば、半日は目をさまさない。

そのことは小桜も知っていた。

一郎兄は言った。

「しかし、綱憲に目をさまさせようとした家臣だが、本気で起こそうとしているように見えなかったな。耳元で数度、『殿。だいじでござりまする。吉良様のお屋敷に、内匠頭の残党が討ち入りましてござります。』と言っただけで、揺り起こすというのにはほど遠かった。綱憲が目をさまさず、おおいにほっとしたことだろう。おまえの話だと、海風が浅野にやとわれていたようだ。おそらく、海風のしわざだろう。」

しかし、そう言った一郎兄はさほど残念そうにも見えなかった。

上杉の家臣たちの気持ちは、小桜にもわかった。

上杉家当主の綱憲は、しょせんは入り婿なのだ。家臣たちは、綱憲が小さいときからずっと見守り、いつくしんできたわけではない。入り婿の親孝行のために、名門上杉家をつぶすわけにはいかないだろう。

小桜と一郎はしばらくだまって歩いたが、両国橋をわたったところで、一郎兄が言った。

「吉良様の首を取ったとなると、浅野様の思いはとげられたことになるが、取った側もいずれは切腹となるだろう。武士もなかなかつらい稼業だ。」

それから、一郎兄は声を落として、こう言った。

「左衛門尉様も、いいかげんにされればよいのだ……。」

大晦日に、仁王の雷蔵がもとどおりになったかんざしを持って、近江屋にやってきた。

丁稚姿で小桜が礼を言っていると、佐久次が出てきて、

「親分さん、いつもすみませんねえ。これ、このごろ入った漢方でしてね。鰻なんかよりずっと精がつくって評判なんで。」

と言って、薬袋をわたした。

「いやあ、そんなつもりじゃあ。だけど、精がつくのは嬉しいねえ。暮れや正月はすりが多くてね。」

雷蔵がそう言って、薬袋をふところにしまったところで、佐久次がたずねた。

「ところで、親分さん。辻斬りですが、あれ、どうなりましたか?」

「どうなりましたかって、番頭さん。そんなことはごぞんじでしょうが。」

と笑った雷蔵に、佐久次は、

「さて……。」

と、とぼけた。

ふたりのやりとりを見ていると、まるで歌舞伎の芝居のようにわざとらしい。

「じゃあ、これであっしは。」

と言って、店を出ていく雷蔵を見送ったところで、飛脚がひとり、店に跳びこんできた。

その飛脚が、

「近江屋さんはこちらで。」

と言って、小桜にわたしたのは一通の文だった。

文の名宛は、近江屋小桜様、となっている。

開いて見ると、ひらがなでたった一行。

〈きらのおきなはでわにおり〉とあり、その下に〈つねひめ〉と書かれていた。

きらのおきなとは、吉良の翁、つまり吉良上野介のことだろう。ということは、上野介は出羽で生きているということだ。おそらく上杉の城のある米沢だろう。

上野介は吉良邸でたしかに首をはねられた。だが、市川桜花はどのようなこともする。

包みをさわっただけで、中の稲荷寿司を取りだすことができるのだ。

須永右馬頭の切腹だって……。

あれは目くらましではなかったけれど、なにか目くらましを使って、上野介の首が落ちたように見せ、じっさいには、上野介をつれさったのかもしれない。

ともあれ、そのようなわけで、元禄十五年の歳は暮れ、正月になった。

そして今、小桜は二階の部屋で晴れ着を着て、下におりようとしている。

狭い階段をおりようとしたとき、下の勝手口のほうで物音がした。

つづいて、

「兄上。ただいまもどりました。」

と次郎兄の声。

おつとめからもどってきたのだ。

今度のおみやげはなんだろう。

小桜は階段をかけおりた。

作　斉藤 洋（さいとう・ひろし）
1952年東京に生まれる。1986年『ルドルフとイッパイアッテナ』で講談社児童文学新人賞を受賞。1988年『ルドルフともだちひとりだち』で野間児童文芸新人賞を受賞。1991年「路傍の石」幼少年文学賞を受賞。2013年『ルドルフとスノーホワイト』で野間児童文芸賞を受賞。主な作品に、『ルーディーボール』（以上はすべて講談社）、「なん者ひなた丸」シリーズ（あかね書房）、『白狐魔記』（偕成社）、「西遊記」シリーズ（理論社）、「シェイクスピア名作劇場」シリーズ（あすなろ書房）などがある。

絵　大矢正和（おおや・まさかず）
1969年生まれ。日本大学理工学部建築学科卒業。イラストレーター。主な作品に、『3びきのお医者さん』（佼成出版社）、『シアター！』（メディアワークス文庫）、『米村でんじろうのDVDでわかるおもしろ実験!!』『笑撃・ポトラッチ大戦』（ともに講談社）などがある。

くのいち小桜忍法帖
春待つ夜の雪舞台

2017年２月28日　初版発行

作————斉藤 洋
絵————大矢正和
発行者——山浦真一
発行所——あすなろ書房
〒162-0041　東京都新宿区早稲田鶴巻町551-4
電話　03-3203-3350（代表）

カバーデザイン　坂川栄治＋鳴田小夜子（坂川事務所）
本文デザイン·組版　アジュール
印刷所　佐久印刷所
製本所　ナショナル製本
企画·編集　小宮山民人（きりんの本棚）

ISBN978-4-7515-2865-5　NDC913
Printed in Japan

くのいち小桜忍法帖

1 月夜に見参！

同心や忍びが殺され、子どもたちがかどわかされる……。

2 火の降る夜に桜舞う

妖しい炎が夜空を舞う。あの大火、〈振袖火事〉の再来か？

3 風さそう弥生の夜桜

小判づくりの職人たちが、行方知れずになっていく……。

4 春待つ夜の雪舞台

小桜を乗せた駕篭が、能面をつけた辻斬りに襲われた!?